MIRABELLE

PHILIPPE MONCHO

MIRABELLE

Roman

ÉDITIONS
LA TRACE

ÉDITIONS

LA TRACE

www.editionslatrace.com
www.facebook.com/editionslatrace
FRANCE 2024

ISBN 9782487261013

1
Le chapeau ourlé d'un ruban bleu

Je prends mon premier café accoudé à la fenêtre. Je regarde les passants qui traversent, je leur invente des vies diverses, un cours du destin qui s'inverse. Des tas de « peut-être » se bousculent dans ma tête. J'imagine les différentes raisons de ce qui les pressent. J'ai envie d'aller fouiner dans leurs rêves enfouis qui sommeillent, dans leurs aspirations secrètes mises en veille. À la croisée des pas anonymes ils forment tous un grand ensemble, oui, celui de l'empressement. Même ceux qui sont immobiles agglutinés dans l'abribus jettent des regards au loin ou plus près sur leurs montres. Il me semble, vu leur attitude, qu'ils ne sont pas là où ils devraient être, pas sous la bonne latitude. Ils ont déjà la tête ailleurs, toute à la pensée de leur destination. Pour la plupart d'entre eux le futur est cadré dans un emploi du temps, serré, compressé, compact, optimisé, comme une ligne ferroviaire étirée dans un agenda. Vu comment ils tracent leur route en claquant du talon sur le goudron, ils doivent avoir des pieds enflés, des ampoules, des cals, ils doivent se sentir à l'étroit dans les chaussures de cette vie-là.

J'ai remarqué une vieille dame avec une canne, un grand chapeau ourlé d'un ruban bleu. Elle se lève et se rassoit sans cesse sur le banc de l'abribus. De tous, c'est elle qui s'impatiente le plus. Quand on arrive à cet âge de la vie c'est sûr, le temps c'est précieux, on apprécie l'exactitude. Une autre femme la retient par le bras, à scruter son visage je perçois qu'elle lui parle avec douceur et patience. C'est bien la seule à n'être pas pressée. Elle a de longs cheveux châtains, un sac posé sur ses genoux. Régulièrement de sa main elle retient le bras de la dame au chapeau qui se lève, se rassoit, s'irrite de l'attente. On ne connaît pas la vie des gens, peut-être a-t-elle une nécessité urgente ? Notez bien que dans l'ensemble, l'urgence est relative, mais dans chaque cas particulier, vous verrez, elle est extrême. Moi, je suis comme la jolie femme aux cheveux longs, j'ai tout mon temps, je ne vais pas courir après lui ni me battre avec, cette affaire-là est perdue d'avance. Je suis au premier café d'une série supposée tranquille, qui échelonnera ma matinée. À en juger par l'impulsion que les passants donnent à leur foulée, il en va de leur vie. À bien la regarder, la femme aux cheveux longs est belle, elle n'est pas jolie. Elle s'est levée et rassise avec grâce, a basculé sa chevelure d'un tour souple de cervicales, elle s'est même permis de sourire alors que tous passent en faisant la gueule. Elle est un peu comme moi, un cas à part dans l'espèce. Je souris de la voir comme un soleil, comme un ange gardien. La dame au chapeau c'est peut-être sa grand-mère, sa tante, ou peut-être est-elle son assistante de vie. Ça ne m'étonnerait pas qu'elle soit professionnelle, sinon c'est qu'elle a pour cette personne une affection démesurée, oui, beaucoup d'amour, de maîtrise et d'indulgence. Une femme enceinte s'approche et réclame, impatiente elle aussi, une place sur le banc. Celle aux cheveux longs, la belle, se lève pour lui céder la sienne.

Dans son dos la vieille dame au chapeau se lève aussi, profite de l'espace et de l'aubaine, et s'en va au bord du trottoir lever sa canne comme si elle voulait molester pour son retard, le chauffeur du bus qui arrive. Elle redescend le bras à son approche, mais plante sa canne dans la grille du caniveau, elle bascule et s'en va plonger dans le pare-choc qui n'a rien paré du tout. On a entendu un gros ploc, et la mémé a décollé comme une poupée de chiffon. Elle a rebondi comme un ricochet, un putt au golf, et atterri une dizaine de mètres plus loin, complètement désarticulée. Le chapeau lui, a continué à virevolter dans les airs, encore et encore, avant de redescendre comme une feuille morte se poser délicatement sur l'asphalte. On a entendu crier, des gens se sont mis à courir, à s'amasser. J'ai perdu de vue le petit épouvantail ensanglanté et la belle femme aux cheveux longs. Je voyais toujours le chapeau, dessus passait une moto. C'était un peu la panique avant l'arrivée des pompiers. Après, ils l'ont emmenée, ils ont tout nettoyé, la foule s'est clairsemée et la vie a repris son cours comme si de rien n'était.

Je suis toujours à la fenêtre. Les gens sont toujours pressés, pressés d'être où ils voudraient être. Ce matin, j'ai repris la cigarette. Le médecin avait dit niet. Mais j'avais pas prévu ce scénario, celui du vol plané de la mémé au grand chapeau, celui que j'ai retrouvé écrasé, avec un ruban bleu et une rayure noire étirée dessus, la frise d'un pneu de moto. J'ai bien essayé de lui redonner une forme, mais lui aussi, il est salement amoché. Je n'ai pas retrouvé la canne. En apparence je suis calme comme à mon habitude, mais dedans, on dirait bien de l'anxiété.

Alors j'ai allumé une clope pour m'apaiser, et une autre, et une autre. J'ai encore dans la tête l'image d'une marionnette éjectée, et le son du grand ploc, oui, je suis toujours sous le choc. Ça j'avoue, en regardant les passants, je ne l'avais pas imaginé. Mon imaginaire était plutôt réaliste ou fleur bleue, je leur inventais des amours à rejoindre, ou des boulots merdeux auxquels ils allaient pointer. Je n'avais pas pensé au chapeau qui a tournoyé longtemps. Non. Pourtant c'était classe comme idée, ça me glace de le dire mais je crois que je vais la conserver. Elle aurait toute sa place, au détour d'une strophe ou d'un paragraphe.
Il y a moins de monde dans la rue, ils doivent faire l'amour cul-nu ou à leur travail ils se tuent. D'autres ont décollé comme mémé vers le ciel. Moi j'avais prévu d'écrire mais j'ai cette image en tête, comme un point d'impact originel, et depuis, des pensées incontrôlables se démultiplient. Alors je fais comme quand je suis zen, mais j'ai bel et bien repris la cigarette. Le chapeau blanc à ruban bleu est plat comme une galette, traversé d'une raie noire comme une peinture d'Iroquois. On dirait de l'art contemporain, un concept à la fois élégant, fragile, tribal et urbain. Je l'ai ramassé au bord du trottoir, je ne sais pas pourquoi je l'ai remonté dans ma chambre. Il est là, et depuis pour écrire, à part cette donnée-là, celle du ploc de départ, celle du tourbillon du chapeau dans les airs, on peut dire que les idées ne se bousculent pas au portillon. C'est café clope, chacun sa dope. Une fois que j'avais terminé de me repasser la scène dix mille fois dans ma tête, j'ai repensé à la femme aux cheveux longs. J'imagine les sentiments qu'elle a

dû éprouver, l'horreur, la responsabilité, la culpabilité de n'avoir pu empêcher le pire de se produire. Je me dis que si je la revoyais un jour, assise là en face attendant le bus, je pourrais lui rendre le chapeau. Mais pouvais-je le lui rendre en l'état ? Peut-être faudrait-il que j'en achète un nouveau ?

Ce matin je prends le premier café à la fenêtre, j'ai deux chapeaux dont un plat, j'attends la femme aux cheveux longs. Comme d'habitude pour passer le temps, j'invente une vie aux passants pressés. En retard pour l'école, au pas de course pour le bureau, un fauteuil roulant électrique se fraye un chemin dans la foule, comme on brave la houle, le courant inverse. C'est un rebelle remontant à contre sens une fourmilière de pattes et autant de chaussures diverses, un match où il affronte plein de jambes adverses. Il file comme un bourdon dans la mêlée et disparaît au coin de la rue. J'allume une cigarette et soudain, dans le nuage de fumée je la vois apparaître. Elle s'assoit sur le même banc qu'hier, sauf qu'aujourd'hui elle regarde ses pieds, elle est triste. Elle est belle, même dans le drame, le tragique. J'attrape les chapeaux et les agite à la fenêtre, mais elle ne me voit pas. Il faudrait pour cela qu'elle relève la tête. Les voyageurs sur le trottoir eux m'ont vu, ils sourient, certains rient ou se moquent. Ce n'est pas drôle, mais ça ils ne le savent pas, ils n'étaient pas là lors du grand ploc, la vrille de mémé rock'n'roll. J'agite les chapeaux, multiplie les grands gestes, on dirait que je dis au revoir sur le quai d'un port ou celui d'une gare. Juste au moment où elle redresse la tête, soudain le bus arrive et la masque, je ne la vois plus. Ce fut si bref que ne sais pas si elle m'a vu. D'ici à travers la vitre du bus, moi je ne vois que ses pieds, puis ses jambes, elle doit valider son ticket. Puis j'aperçois son buste, elle s'assoit, je découvre enfin son visage, elle redresse les yeux vers moi, bouche bée, et voilà, le bus est reparti. Je suis resté les bras levés, un chapeau dans chaque main, comme un clown à la fenêtre, un qui veut prendre le train en marche du destin. Je ne peux pas vous dire pourquoi j'ai fait ça. Cette histoire, depuis le début, elle me travaille le cerveau, j'en suis le témoin involontaire. Je garde cette dernière image, derrière la vitre, son beau visage surpris déjà emporté par le flot de la circulation. C'est un peu un exemple de la relativité, j'en ai eu le vertige. J'ai cru que j'étais à la fenêtre d'un train, que c'était l'immeuble qui s'en allait, comme l'histoire de la vache dans le pré, on croit que c'est elle qui voyage alors qu'elle ne fait que mastiquer du fourrage. On s'était regardés, c'était ça qui m'importait, j'ai senti que je l'avais limite effrayée mais je crois qu'elle a reconnu le chapeau, car sa bouche a formulé un O.

Ce matin, c'est café et cigarette à la fenêtre. J'attends la femme aux cheveux longs, si elle passe à la même heure qu'hier, elle ne devrait pas tarder. Rien n'a changé dans le paysage, les passants s'empressent d'être pressés, des courtes foulées rapides, frénétiques, ils ont beau s'agiter, ils sont aspirés quand même par la bouche du métro. J'écoute le trafic, c'est pas mal l'urbain contemporain. Les violons aigus ce sont les coups de frein, les cuivres ce sont les klaxons, les violoncelles les moteurs, si vous entendez la grosse caisse et la cymbale, c'est qu'il y a de la casse. Mais là tout est calme, même si

un jogger a fait un pas d'écart dans le caniveau, l'autre sur le trottoir et que le rétroviseur du bus lui a fouetté les cheveux en passant. Après le gars s'est même frotté l'oreille vivement. On était à deux doigts comme avec la mémé, du siège éjectable.
La voilà elle arrive, élégante, la femme aux cheveux longs, elle tourne déjà la tête vers moi tout en marchant calmement. Je lui fais signe d'attendre du plat de la main, m'absente de la fenêtre un instant, je vais chercher le chapeau. Lorsque je reviens elle est là, droite, telle une statue fine élancée, les bras le long du corps, les pieds joints au bord du trottoir, elle me regarde. Cette fois-ci, je n'en fais pas des tonnes, je soulève le chapeau d'une main, de l'autre je lui demande d'attendre encore. Je laisse la porte de la chambre ouverte et dévale l'escalier. Je sors sur le trottoir et soudain, à nouveau un bus s'immobilise, je ne la vois plus sur le trottoir d'en face. Lorsqu'il repart heureusement elle est encore là, à la même place, seule, plantée face à moi. Je traverse la rue le chapeau à la main, en regardant plusieurs fois de chaque côté. Elle ne bouge pas, mais vous voyez c'est relatif, pourtant elle se rapproche. Elle est vraiment belle, et lorsqu'elle me sourit c'est un vrai soleil.
On est resté un moment assis sur le banc à discuter, en regardant passer les bus. On s'est présentés, elle s'appelle Elsa, elle travaille pour Madame Joséphine, au départ comme aide à la personne, et au fil du temps au service exclusif de la vieille dame au chapeau. Je lui ai dit que je m'appelais Benjamin, que j'avais assisté à l'accident depuis ma fenêtre, que j'écrivais des articles, des biographies, des commandes, que j'avais aussi en cours un

roman pas trop fini, pas trop mal, pas trop tout, en serrant les genoux. Madame Joséphine a écrit beaucoup de livres, je l'apprends de sa bouche dont je ne peux détacher le regard. Dans la découverte de l'autre elle nous a trouvé ce point commun, c'est comme une passerelle pour elle. Elle m'invite à traverser le fleuve Amazone pour prendre un café en face. C'est fou tous ces films que je peux me faire à la fenêtre et là, de cette foulée commune et pressée pour éviter les voitures, j'ai l'impression d'être entré dans le scénario du réel. Jusqu'ici je n'ai pas lâché le chapeau, je le lui tends, elle sourit et me dit de l'offrir à mémé vol plané moi-même, à Madame Joséphine je veux dire. Je visualise une tombe au cimetière, et me demande quelle est cette idée mortifère, j'en suis plein d'empathie pour le chapeau. Mais non, elle me propose entre deux gorgées de café et d'eau, de l'accompagner voir Joséphine qui sera ravie de ma visite. Elle est hospitalisée à domicile. C'est à deux pas d'ici, deux pas, deux stations de bus, c'est relatif, comme quand on dit c'est à deux minutes, ça ne l'est jamais. Oui mais bon, de nos deux paires de jambes pressées nous entrons dans le trafic, nous y allons nous aussi de toute façon je m'en fous, chaque seconde passée près d'elle est une bénédiction. Dans le bus j'ai pu l'observer, je faisais semblant de regarder par la vitre défiler les vitrines mais je regardais son oreille, la courbure du dessin, la mèche coincée derrière, ses doigts qui la replacent. Je nageais dans le temps et l'espace en dévisageant Vénus. Elsa a fait grincer la grille d'un parc sombre apparu sous une dense végétation, je l'ai suivi chapeau en main, pas vraiment rassuré. Je dois

faire un effort pour ne pas regarder le tissu de sa robe danser sur ses fesses. La maison ressemble à un manoir plongé dans le noir, alors que l'on n'est que le matin. Sur cette planète étrange le soleil ne vient pas aussi loin, et tous ces volets fermés ressemblent à des yeux clos. Il plane ici une drôle d'ambiance, pour la définir c'est trop tôt, ou alors à large spectre entre *Psychose* et *Le Chien des Baskerville.* Elsa nous a préparé du café, elle me demande d'attendre là dans la cuisine pendant qu'elle va voir Joséphine, la mémé cascadeuse. Elle vit désormais dans la bibliothèque au rez-de-chaussée, depuis l'accident malheureux. Avant, elle dormait à l'étage, mais avec sa canne c'était à chaque déplacement un numéro de cirque périlleux dont le dernier en date s'était déroulé sur la piste aux étoiles, quand elle avait embrassé le bus-éléphant. J'attends que le café refroidisse, qu'Elsa revienne. Je regarde une plante verte pousser devant la lueur des persiennes et je me demande comment elle fait pour croître et survivre sous l'unique soleil de l'ampoule électrique pendue au plafond. Soudain, j'entends au loin Madame Joséphine pester :
— Putain, fais chier !
Elsa est revenue tout sourire, me disant « c'est bon tu peux y aller ». Elsa, elle est belle comme un soleil, elle me dirait n'importe quoi je dirais oui. J'étais dans mes petits souliers, pas très pressé du coup, pas comme les passants de la capitale en mode pilote automatique infernal, un aiguillage humain terrible, phénoménal. Non j'ai traversé le salon d'un pas tranquille avec le chapeau à la main. Tranquille, je l'étais pas plus que ça, pas pressé non

plus du coup, d'affronter l'ogre réchappé, qui avait éructé quelques mots de bienvenue très ambigus. J'ai pris mon courage à l'index, et j'ai toqué à la porte. Elle a gueulé :

– Qu'est ce que c'eeest ?

Je suis entré dans la chambre bibliothèque, une copie parfaite d'une librairie asiatique, il y avait des volumes partout sur les murs et des lustres en papier rouge. J'ai tout de suite vu le lit médicalisé au centre, avec un pied à perfusion, et une momie-mamie blanche, plâtrée et bandée des pieds à la tête. Seuls dépassent les yeux dans des trous, les narines, la bouche, des mains gantées sortent les doigts, des pieds seulement les orteils. Elsa m'explique que si elle n'est pas shootée elle a mal, alors elle râle. Je lui ai tendu le chapeau, elle me l'a arraché des mains en me lançant des éclairs de ses cavités d'yeux. Je me suis excusé, il n'y en avait plus avec le ruban bleu, alors j'avais pris le rose.

– Je déteste le rose !

Voilà, je ne savais pas pourquoi j'avais ramassé ce chapeau, mais il m'avait mené là. J'étais bien, parce que tout le temps souriait Elsa. C'est ce matin-là que j'ai fait la connaissance de Joséphine Buisson. Elsa lui a dit que j'écrivais aussi, j'étais gêné. Joséphine a beuglé :

– Vous écrivez quoi ? Parce que si c'est pour noircir du papier, moi je vous le dis tout net, vous feriez mieux d'arrêter. Ça ne sert à rien. Je suis fatiguée, revenez demain. Elle a couiné parce qu'elle devait avoir mal. Mais le pousse seringue s'est mis en branle, lui a filé une dose de morphine, elle est repartie les yeux en vrac dans les bras de Morphée. À en juger par la décoration de la pièce,

elle devait être en mer de Chine.
Ce matin je prends le premier café à la fenêtre, la première cigarette. Je sens bien que je suis d'humeur guillerette. Je crache des tas de « peut-être » nuageux sur la tête des passants. Un jeune étudiant avec un casque sur les oreilles agite son menton au rythme d'une musique qu'il semble vraiment beaucoup aimer. Une jeune fille au téléphone rit sans cesse. Ce sont les deux seuls à se réjouir de la vie, les autres passants tracent, ils sont en phase de transportation hâtive, d'un ailleurs à l'autre. Là où ils sont, ils ne veulent plus être, et là où ils souhaitent être, ils n'y sont pas encore.
J'ai entré Joséphine Buisson dans un moteur de recherche. Des pans entiers de son histoire sont remontés comme des bulles des hauts fonds, le tout dans le désordre. Je recherchais quels ouvrages elle avait écrits mais la plupart des pages et des liens parlaient d'un double crime dont elle avait été accusée. Le procès dans les faits-divers prenait clairement l'ascendant sur les pages littéraires. J'avais l'habitude de rédiger des biographies, dans le cas de Joséphine Buisson il y avait de la matière. Ce pourrait être du pain béni pour que je me lance sur un nouveau projet. J'allais revoir Elsa, alors j'étais gai comme un pinson, il ne me restait plus qu'à amadouer la mémé grincheuse pour de bon, pour qu'elle accepte de communiquer, ce n'était pas encore gagné. J'ai rejoint Elsa dans l'abribus, elle m'a souri comme la reine du soleil. On se tient à la barre en chemin, on va au manoir hanté par une momie blanche, avec un chapeau ourlé d'un ruban rose. C'est un peu *Les Dames de la Côte* version Toutankhamon. Madame Joséphine en son

temps avait déchaîné les passions, maintenant elle rouspétait ou dormait dans un tombeau de livres et d'oubli. Elle n'était plus du tout dans le train express de l'actualité, elle était une marionnette douloureuse, les jambes suspendues par des fils, dans un sarcophage à tubulures de métal. Elle était clouée sur un lit d'hôpital au centre de la nef de l'église des livres, comme autant d'yeux qui la regardaient jour et nuit. Je lui ai confié mon idée d'en écrire un sur elle. Elle s'est écriée :

– Un livre sur quiii ?

Maintenant, chaque matin quand je m'accoude à la fenêtre, j'ai une appréhension. Je fais tout comme si j'étais calme, mais là-dehors, j'ai peur qu'il arrive un nouvel accident, une explosion, un incident malheureux. Statistiquement parlant, parmi les passants, il y en a bien un qui va rencontrer un pépin. Peut-être même deux ou trois. C'est comme ça, il faut s'y faire aurait dit Lucifer.

J'ai parlé à Joséphine Buisson de mon idée de biographie, elle a répondu :

– Non, non et non ! Quel con ! Je suis fatiguée, revenez demain.

Elsa, au moment où j'allais partir, m'a déposé un baiser sur la tempe, j'ai ramené avec moi le frisson de cette estampe, et un livre. Ça m'a donné la foi pour insister dans mon entreprise. Joséphine était visiblement jour après jour toujours aussi irascible. En attendant qu'elle récupère, je m'étais mis dans l'idée de découvrir son œuvre littéraire, et j'allais commencer par son tout premier livre. Il ressemble à une petite bible, le premier bouquin de Joséphine Buisson, ça s'appelle : « Mirabelle ».

2
Mirabelle

« Je viens. »
Joséphine avait lu ces deux mots, et dans son cœur à nouveau s'exprimait un printemps dense, une danse, une force, une assurance. Elle avait soulevé une plaque de la cuisinière avec un tison, puis jeté le message dans les flammes. Elle regardait la combustion instantanée, c'était à l'image de ce qui se passait dans tout son être. Ce soir il viendrait, ça lui faisait dans le ventre des tours de balançoire. Elle était si heureuse, pourtant c'était la guerre. Peut-être, justement, parce que c'était la guerre, cet amour-là était devenu une urgence prioritaire. Face à la cuisinière elle reprit ses esprits, ce bonheur devait rester secret. Dans son dos, attablés, ses parents, son frère, ne devaient rien savoir, elle ne devait rien en laisser paraître. La dernière fois qu'il lui avait écrit : « Je viens », elle avait enfourché sa bicyclette à minuit, traversé les maraîchages, et grimpé à bonne allure le chemin, celui qui mène au bois des Mathurins. Elle avait déposé son vélo au pied d'un arbre, l'avait recouvert de branchages, et entamé une marche nocturne dans la forêt, elle en connaissait tous les sentiers. Elle allait le retrouver d'un pas résolu, en froissant le tapis offert par les non-feuillus. Elle ne connaissait pas son vrai nom, il ne connaissait pas le sien. Il l'appelait Mirabelle, elle l'appelait Lucien. Le réseau leur avait attribué

ces prénoms, lorsqu'ils s'étaient engagés dans la résistance. Ce n'était que la troisième fois qu'ils se retrouvaient, c'était un appel irrésistible des corps, une aspiration à libérer le désir qui les dévore, bien plus forte que la raison et la mesure du risque. Il fallait en prendre des risques pour accéder à son bonheur, pour prendre à cette existence sa part d'amour en ces temps de malheurs. Ils s'étaient aimés dans la cabane des Mathurins, sous le tapis d'étoiles, elle, il, ils avaient dit ensemble dans un râle, une voix d'extase : «je viens». Elle avait trouvé ce matin le petit papier replié sous la pierre. Il lui disait ces deux simples mots, Joséphine avait eu l'impression qu'il revenait en elle. Pour lui ce n'était pas Joséphine, c'était Mirabelle, il la trouvait extrêmement belle. Ce soir, elle irait le rejoindre, ce soir il irait l'attendre, dans la cabane des Mathurins, sous les étoiles complices, ils tresseront leurs baisers et leurs langues comme des lianes de réglisse. Ils avaient le feu au corps, besoin de ce délice, ensuite ils en restaient ébahis de bien-être, l'organisme réjoui, toujours vibrant de l'autre. Leurs bouches fourmillaient encore leur envie, mais il leur fallait rentrer avant le lever du jour. Quand au chant du coq elle avait regagné son lit, elle serrait ses jambes contre sa poitrine, pour le sentir encore contre elle. Lucien avait regagné la montagne, le corps frémissant, le cœur amoureux, il marchait d'un bon pas avec son bâton et le sourire de plénitude d'un ravi de la crèche.
Les Allemands avaient instauré des réquisitions en cascade et un couvre-feu. Une poignée d'hommes avait quitté le hameau pour la montagne et le combat pour leur liberté. C'était une drôle d'époque.

À table, Joséphine et sa famille mangeaient en silence. Son père bien sûr, elle le savait, faisait partie de la résistance. Quelqu'un avait instauré des réseaux parallèles, dans lesquels ne pouvaient participer deux membres d'une même famille.
Ce que l'on ne sait pas ne peut-être avoué sous la torture. Joséphine ne savait pas à quels réseaux appartenaient son père, son frère, et peut-être même sa mère, toujours muette comme une tombe. La famille se protégeait ainsi mutuellement silencieusement, et lorsque les journaux relataient un attentat, leurs yeux brillaient et semblaient désigner l'auteur à la table, leur inspirant ainsi une dense fierté aphasique. Ce soir, il le lui a écrit, il vient. Elle ne pense qu'à ça, et peut-être même que ça se voit sur son visage, elle sourit un peu trop aujourd'hui. En ces temps martelés par le bruit des bottes, un visage heureux ça dénote, ça contraste, ça attire le regard. C'est mieux si elle prend comme ses parents et son frère, cet air résigné des temps de frustrations. Lucien est son trésor, ils vivent des rencontres éclair, elle souhaiterait qu'ils aient du temps pour s'aimer en plein jour, en plein soleil, à l'air libre, dans le champ de luzerne caressé par le vent. Il ne faut plus qu'elle y pense, sinon son faciès se détend et son sourire revient, comme quand il prend son visage entre ses mains.

J'ai interrompu ma lecture pour me faire un café. J'attends qu'il monte dans la cafetière italienne. Je suis accoudé à la fenêtre ensoleillée, c'est assez rare pour être signalé. Une trouée dans les nuages m'accorde le privilège d'inonder ma chambre de lumière. J'observe le flot des passants dans la fourmilière de la rue bruyante, je me demande combien parmi eux mettraient la liberté ou l'amour au-dessus de toute autre valeur. Je me rassure en me disant qu'il n'est que des héros de circonstances. Joséphine Buisson allait avoir vingt ans, elle était belle, elle avait de la jeunesse cette arrogance, cette envie d'en être, de combattre et d'aimer. Le café est monté, je le laisse un peu refroidir. J'ai arrêté de fumer. J'ai décidé d'arrêter quand Elsa hier, m'a tiré vers elle dans la cuisine et m'a embrassé. C'était incroyable cette bouche offerte, cette langue, c'était bon, long, patient, délicieux. Je ne sais pas trop pourquoi, ça m'a calmé. L'image de l'accident ne me procure plus d'anxiété, je peux même trouver ça drôle, c'est idiot je sais, mais je vous raconte. Le grand ploc et le vol plané, puis le ricochet sur l'asphalte, le chapeau dansant dans les airs, l'image peut être aussi traitée de façon burlesque. Je sirote mon café, la cigarette me manque, alors je pense aux lèvres d'Elsa, à sa bouche, à sa langue et ça me détend, ça me calme. Je peux reprendre ma lecture, *Mirabelle* de Joséphine Buisson.

Il est minuit, Joséphine mouline le pédalier de sa bicyclette, elle sent l'air frais lui plaquer les cheveux et la robe en arrière, un air chargé des senteurs de la terre, un mélange identifiable qu'elle traverse comme un voile sur la route, tout le long des champs où expirent les foins coupés. Elle va de ce pas de pédale renouvelé, retrouver son fiancé. Elle entame maintenant l'ascension du chemin, celui qui serpente et mène au bois des Mathurins. C'est son ardeur d'amoureuse qui la pousse, comme une main dans ses reins sur une balançoire, qui la soulève d'un vertige d'envie, de désir et de joie. Elle est presque arrivée à l'orée du bois, encore un virage, et soudain des phares l'aveuglent. Elle freine brusquement, elle dérape et chute au sol lourdement. Éblouie, elle ne voit que les bottes des soldats qui la traînent vers le camion, la hissent et la jettent comme un sac à l'arrière. Lucien est là aussi, les mains liées dans le dos. Son œil est un œuf bleu, sa pommette est ouverte, mais il la regarde de l'autre, celui-là est encore pétillant. Il y luit une impertinence, une insoumission. Sa Mirabelle tente de se redresser, de bafouiller quelques mots, mais un soldat la plaque au sol avec le pied, et lui assène un coup de crosse de son fusil. Lucien en fulmine de rage, il a envie pendant ce voyage de tenter quelque chose, mais les soldats sont trop nombreux. Après il le sait, ce sera impossible de pouvoir s'échapper. Il rumine comme un lion blessé, il veut bondir et se délivrer, mais il y a Mirabelle, il ne veut pas la laisser. Il se fait un film dans sa tête, il jaillit et se jette par l'arrière du camion. La chute sera douloureuse, mais qu'importe si sa liberté l'emporte. Il ne prendra pas le temps de se redresser, il roulera sur lui-même jusqu'au talus, jusqu'au fossé, jusqu'au champ, où il aura tout loisir de détaler comme un lièvre. Il se fait ce film, et il s'en fait un autre, sans happy-end. Un tableau de Goya où sa chemise blanche saigne, trouée par les balles. Il n'a qu'un œil pour dire son amour à Mirabelle, soudain il s'élance et se jette dans le vide, tandis que le camion poursuit sa route. Lucien a entendu les soldats crier, il a entendu ses os craquer, son bras est cassé. Il savait que ça ferait mal, alors il roule, s'enroule sur lui même vers le bas-côté du chemin. Plus loin, le camion s'est arrêté. Déjà, il est mis en joue et sifflent les balles. D'un dernier coup de reins il plonge dans le champ, se redresse et court à perdre haleine comme un lapin de garenne, changeant sans cesse de direction. C'est un jeune soldat allemand plus précis que tous les autres réunis, qui fait entrer Lucien dans la peinture de Goya. Félicité et content comme au tir à la foire, le jeune-homme est hilare, il en a les yeux brillants de satisfaction. Lucien est tombé face en avant, dans la paille fraîche, les mains liées dans le dos. Mirabelle ne sut jamais s'il avait eu le temps de respirer encore une dernière fois cette senteur de la terre et des foins coupés.

J'ai ce parfum d'humus dans les narines, accoudé à la fenêtre. La rue grouille d'insectes à deux pattes, des humains déterminés à la poursuite du temps. Sa tête a dû être mise à prix, ils courent tous pour toucher la récompense. Mort ou vif, peu importe, le temps ça peut rapporter gros. Vu l'empressement des passants, j'imagine qu'ils veulent carrément lui faire la peau. Avoir vingt ans, pendant la guerre, comme Joséphine Buisson à l'arrière d'un camion roulant vers la prison, ce ne devait pas être facile à digérer. Je me demande quelle proportion attribuer dans ses grognements, sa colère, son ton orageux ; chaque fois que je la visite, oui, quelle proportion attribuer à l'origine de cette communication désagréable, entre l'accident récent, et son passé douloureux ? Demain j'irai encore tenter ma chance comme on joue les mêmes numéros à la roulette ou au loto. Je demanderai à Elsa si Joséphine avait toujours eu ce caractère pourri, ou si c'était depuis que le bus lui avait roulé un patin. Apparemment dans sa jeunesse elle avait dégusté. Mon regard envers cette peste est en train de changer. Peut-être faut-il que j'aborde l'animal d'une manière moins frontale, que je lui tende une perche pour la sortir de sa mer de Chine. Elle y flotte à la surface comme une blanche sirène de polystyrène, et de temps en temps elle aboie, elle montre les crocs. Je referme la fenêtre comme on repousse plus loin le bruit des voitures et ce brouhaha de gens qui s'en vont et s'en viennent. Ceux qui arrivent ont de toute façon dans leur tête l'idée se s'en aller ailleurs. Je retourne à mon livre, *Mirabelle*.

Au cours de l'automne 1943, Joséphine Buisson fut jetée dans un cachot de la prison de St Luçon. Une partie d'elle était sidérée, l'autre était en mode survie. Elle avait perdu Lucien, elle en avait le cœur meurtri mais elle n'avait pas perdu toute sa lucidité, son esprit était sans cesse en activité. Y aurait-il quelqu'un à l'extérieur, comme elle, pour elle, qui penserait à échafauder une évasion ? Elle savait que ce serait difficile, mais elle ne pouvait envisager d'autre solution. Chaque pensée faisait des émules, les idées se percutaient comme des atomes entre les quatre murs de sa cellule. Elle avait croisé un prisonnier dans le couloir entre deux soldats, un spectre sanglant porté par dessous les bras, ses pieds nus traînaient derrière. Elle avait entendu qu'il revenait de la préfecture là où s'était installée la Kommandantur, c'est là-bas visiblement, qu'on pratiquait la torture. Quand les soldats sont venus la chercher, elle ne savait comment elle pourrait résister à la douleur, alors elle en rejetait l'idée, elle s'échapperait quitte à se jeter elle aussi du camion. Les gestes des militaires étaient brusques, rudes, comme pour une transhumance, comme si sous sa robe blanche et ocre de poussière, il n'y avait plus trace de son humanité. Elle avait des hématomes sur les bras, sur les jambes, des stigmates de sa chute à vélo, elle devait aussi en avoir dans le dos, des coups de crosse pour faire avancer la bête, ou pour la faire taire. Elle est montée dans le camion à bétail, encadrée par deux soldats. Il a démarré en direction de la ville. Elle reconnut la route des blés où se mire le soleil, elle en avait toujours été comme éclaboussée. Aujourd'hui encore, alors qu'elle est en route pour le pire, elle sent la lumière, la couleur lui fourmiller le visage. Elle pourrait se jeter du camion elle aussi pour en finir d'elle-même, avant que l'on décide une fin pour elle. Elle pressent qu'elle doit vivre, alors elle prend cet air résigné, celui que prenait son frère et ses parents. Dans le rôle qu'on lui propose elle se fond, elle entre dans la préfecture comme un docile mouton. À l'étage au bout d'un couloir, elle attend assise sur un banc, entre deux soldats. À l'autre bout du couloir arrivent un officier allemand et une femme très élégante, elle porte un long manteau de fourrure et un grand chapeau à large bord. Joséphine entend ses chaussures à talons claquer sur le carrelage en damier. L'officier est prévenant, tout sourire, il lui ouvre la porte de son grand bureau, et la referme derrière eux. On entend des rires étouffés, puis la porte se rouvre, l'officier demande aux soldats de

faire entrer la prisonnière. Joséphine s'assoit face au bureau, on la libère de ses menottes, puis les soldats ressortent attendre dans le couloir. L'homme en uniforme s'assoit à son tour, il pose les mains sur un dossier :
– Madame Mirabelle !
Joséphine racle sa gorge pour en sortir un son :
– Joséphine Buisson. Soudain, à la porte du fond on entend trois coups secs se voulant discrets. L'officier se lève et s'excuse, il en a pour une petite minute. Il s'éloigne et passe dans le bureau d'à côté. Joséphine l'a suivi du regard, elle remarque alors pendus au mur, le manteau de fourrure, le chapeau, le foulard, et au sol, une paire d'escarpins. Elle regarde ses orteils, elle a perdu sa sandale dans le camion, l'autre dans sa chute à vélo. Elle entend rire à nouveau dans la pièce à côté, elle aurait plutôt dit glousser, puis assez rapidement, émettre des petits gémissements, audiblement ascendants. Ceux-là font leur affaire, c'est un besoin pressant. Alors se réveille Mirabelle en elle, et tandis qu'elle les entend s'accoupler dans la pièce à côté, elle se lève et enfile la paire d'escarpins, le manteau, couvre ses cheveux du foulard, et place sur sa tête le chapeau à large bord ourlé d'un ruban bleu. Les amants persévèrent et halètent derrière la cloison. Tête baissée, Joséphine quitte le bureau, frôle les soldats et s'en va marteler de son pas le damier du carrelage. Elle sort de la préfecture comme une star de cinéma, elle y était entrée comme une brebis des Alpages.
Joséphine Buisson s'évade le 18 novembre 1943, elle disparaît au coin d'une rue de St Luçon, élégante comme une Audrey Hepburn, combattante comme une enfant-soldat.

Accoudé à la fenêtre de ma chambre, je me dis qu'en ces temps-là, ça ne rigolait pas. Madame Buisson c'était quelqu'un visiblement, il ne faut pas se fier à son costume de momie qu'elle aurait oublié d'enlever de retour d'un bal masqué. Elle avait dû sacrément avoir la trouille en marchant dans ce long couloir, en passant la grille, en changeant de trottoir. Elle avait saisi sa chance, et elle lui avait souri. C'était Mirabelle en elle qui lui avait donné ce courage d'agir au bon moment.
Je regarde les passants dans la rue, ils courent presque, ils s'entraînent à être ailleurs. Ils se déplacent à la hâte ou attendent immobiles le bus qui va les déplacer. Aucun d'eux n'est ici à sa place. Certains croient le nez dans leur téléphone portable, avoir un don d'ubiquité. S'ils ont la tête ailleurs, leurs corps sont bien là, et cette distraction, cette séparation provisoire des fonctions peut s'avérer dangereuse. Une voiture a freiné de justesse, alors qu'un piéton distrait par une conversation traversait n'importe où. J'ai très envie d'une cigarette, alors je pense à Elsa, à sa bouche, à sa langue. Elle ne devrait pas tarder à arriver. Au lieu de me remettre à fumer, je crois que je vais recommencer à l'embrasser. Elsa apparaît au coin de la rue, je la salue et claque la porte de la chambre pour la retrouver. Je vais rejoindre mon soleil et tous ces gens campés sur une destination. Nous allons au manoir, dans le bus on se tient à la barre, elle est belle, elle sourit. Moi j'ai bon espoir que s'ouvre un peu Joséphine à une discussion, qu'elle cesse de me fusiller de sa rancœur, d'être de marbre dans sa négation. J'ai envie d'écrire sur elle, sur la part de Mirabelle en elle. J'ai avalé ce premier livre,

et depuis, ma curiosité est en constante activité. Mais il y a plus urgent, Elsa j'ai très envie de l'embrasser. Elle aussi ça tombe bien. On s'embrasse tellement bien dans la cuisine que l'on a envie de faire l'amour. Elle m'emmène à l'étage dans sa chambre pendant que la momie dort au rez-de-chaussée, assoupie sur un radeau de livres, une jonque dérivant, émettant à son bord un ronflement, celui d'un dragon de la mer de Chine. Avec Elsa on s'est aimé et bien sûr, je ne vais pas vous raconter comment. C'était doux, chaud, tendre et si bon, qu'on a eu envie de recommencer. Hélas, l'infirmière a sonné à la porte entre temps, on s'est rhabillés à la hâte et dès qu'elle est entrée je n'ai pas hésité, je lui ai demandé si elle pouvait faire quelque chose pour l'humeur de madame Joséphine. D'après Elsa, elle avait des colères épisodiques, mais depuis l'accident, elles étaient constantes. Elle m'envoyait balader avec régularité, et pourtant, dans sa phrase à la fin, elle rajoutait toujours, «revenez demain». Alors vous pensez bien, je revenais. L'infirmière a tenté de m'expliquer qu'ils allaient commencer un sevrage progressif des drogues administrées, qu'elle ferait remonter l'information dans son compte-rendu, à n'en pas douter madame Buisson bénéficiera d'un antidépresseur dans son traitement, bientôt.
Je suis accoudé à la fenêtre, je regarde la rue bruyante, les passants, et tous ces pas perdus qui se cherchent un ailleurs. C'est sûrement qu'ailleurs l'herbe est plus verte, car ici il n'y en a pas un brin. Les lampadaires de la rue sont des iris de métal, la prairie lisse est en goudron, les bâtiments sont des collines carrées de pierre et de verre. Les insectes

sont en tôle, ils fument et rugissent en s'invectivant de leur avertisseur. Le flux du trafic est incessant et leurs trompettes désordonnées. Les champions de la classification diraient, cette musique c'est du *free-urbain*, moi je dirais que c'est mon quotidien. Dans cette vallée de la cité, je vois chaque matin mon soleil se lever, Elsa m'ensoleille. Parce que l'officiel là-haut, reste bien planqué derrière les nuages. La voilà ma beauté belle, je claque la porte de la chambre, dévale l'escalier pour la retrouver. Je suis un point A en route vers son point B, et pour elle, c'est presque pareil. Dans le bus, elle est gênée que je veuille l'embrasser, elle sourit, mais lorsque nos lèvres se rencontrent elle cède au baiser patient. On a failli rater la station, celle à deux pas du manoir, deux pas c'est relatif, il y en a bien plus que ça, mais pour autant c'est tout proche, allez comprendre. J'ai refermé la lourde grille derrière nous, elle a grincé comme un train entre en gare et j'ai suivi Elsa dans le jardin noir. On est entrés dans la maison par la porte-fenêtre de la cuisine, elle a éclairé l'ampoule au plafond, ça m'a soulagé, j'avais l'impression d'avoir traversé le Mordor, l'antichambre de la mort. Dans ce parc il y a un climat à part, il y fait une température de messe funèbre, on dirait un petit bois maudit. Elsa a préparé du café, est allée voir Joséphine, moi je regarde la plante verte et je m'extasie, quelle résistance, croître sous une lumière électrique, quelle merveille biologique. Elsa est revenue, elle a calmé ma joie, la plante est en plastique. Ça m'a rappelé cette nuit d'été où j'avais fait un vœu en suivant une étoile filante dans le ciel, alors qu'il s'agissait d'un satellite. Madame Joséphine dit-elle, veut bien me recevoir. Son sens de la réception je le connais, je l'ai assez pratiqué. Elle aboie et me dit de revenir. Je déguste le café, j'essaie de comprendre l'animal, mais j'avoue, j'ai du mal. Elsa m'embrasse sur la tempe pour me donner du courage. Je toque à la porte du navire-hôpital, du temple des livres et de sa convalescence, la chambre de sa dérive dans le grand sommeil, puis j'entre. Telle une méduse blanche sortie d'un atelier romain, Sa Majesté trône, ses yeux s'agitent dans les trous du plâtre. J'ose, timidement :

— Bonjour Joséphine.

— Bonjour Benjamin, asseyez-vous. Elsa en pince pour vous, j'espère que vous en valez le coup. Si vous faites du mal à cette petite, je m'occuperai personnellement de votre cas. Alors, racontez-moi, vous écrivez ? Vous avez plein de mots dans la tête ?

— Oui, j'aimerais écrire votre biographie.

— Non, mais non... Ma biographie on s'en fout. Je vous parle du bouillon dans votre marmite, tous ces mots en ébullition, vous ressentez ça ou pas ?

— Oui.

— Alléluia ! Jésus-Marie, Allah, Bouddha merci. Vous n'allez pas faire gratte-papier toute votre vie ? Des articles d'une professionnelle et bienveillante neutralité. Racontez-moi votre recette, comment ça bouillonne dans votre tête, je veux savoir ce que vous avez dans le ventre, pour espérer traverser à la nage l'océan de la littérature.

— Je regarde, j'écoute, j'hume, comme on fait son marché. Un seul mot en appelle un autre. Quand je referme ma fenêtre j'en ai les bras chargés, des mots, comme des fruits rebelles refusant d'être calibrés. Une profusion de mariages inattendus qui font d'une phrase une image, d'une page un voyage. Si je n'écris pas j'ai le vertige, la tête me tourne comme le monde.

Un silence s'en suit dans la bibliothèque. Les livres chuchotent entre eux pour définir l'origine de ma tirade, elle sonne à leurs oreilles comme une citation. Je crois, que j'ai été plutôt bon, il ne fallait pas me manquer, c'est notre toute première conversation.

– Oui, je comprends, l'écriture c'est un sacré héritage, l'assurance d'un excédent de bagages. Mais, moins l'on en dit, plus c'est parlant, l'interstice est mince pour atteindre le fond sans lâcher le fil. La pesanteur d'un livre, sa capacité d'oxygène, me fait penser à la plongée sous-marine. On marque des paliers à chaque chapitre, pour la décompression. Gare à vous, si vous remontez trop vite à la surface du réel.

– J'ai lu Mirabelle, j'ai été très impressionné par l'évasion.

Un silence à nouveau, truffé de chuchotis, cette fois-ci les livres sont tous d'accord sur l'auteure de l'ouvrage.

– Mirabelle c'est du théâtre. Tout est réuni pour. Le costumier, la scène des amants dans la pièce à côté. J'ai endossé la fourrure et le rôle, et j'ai filé comme une belette. Mais je vais vous faire gagner du temps, lisez plutôt *Guangzhou,* avant ce livre ça ne vaut pas la peine de s'user les yeux. Sur l'étagère derrière vous, celle du bas, oui voilà. Je suis fatiguée, s'il vous plaît, revenez demain.

3
Guangzhou

La mer caresse la plage d'un ressac indolent. Cette main douce est celle d'une colonie française en terre de Chine. La France est venue saupoudrer des comptoirs sur ces côtes. À voir comment le commerce se porte on aurait pu croire que ça durerait toujours. La guerre est un retour de manivelle que l'on ne voit pas venir, ou trop tard, lorsqu'une parole a fourché, une pensée mal formulée ou bâtie sur de mauvaises fondations, ricoche comme une balle vers une cible offerte de susceptibilité. Elle n'attendait que ça pour que sa colère puisse se libérer. Pas de surprise de ce côté-là, l'homme réitérait sa volonté de guerre depuis la nuit des temps. Les gamins ne pouvaient pas jouer ensemble avec le territoire, il fallait qu'ils le convoitent, se le disputent, qu'ils en maîtrisent les richesses. L'homme n'a toujours eu que deux issues, le combat ou la soumission. La cohabitation c'était un concept provisoire pour souffler un peu entre deux invasions, ou deux libérations. Après, il fallait se remettre sur la figure. La mer mousse sur le sable de la Chine, la mer est plus noire que la nuit, seul est éclairé un ponton au loin. C'est de là qu'il est parti ce matin. Une vedette l'attendait, l'a emmené, elle l'a regardé partir au large jusqu'à ce que le bateau ne soit plus sur la houle qu'un tout petit point final. Quelle idée de s'amouracher d'un marin. Joséphine boit une infusion de thé vert sur la terrasse, ses souvenirs elle ressasse. La nuit s'étire et lui laisse toute la place pour rassembler sa mémoire. Sous le magnolia, sous une trouée d'étoiles dans le feuillage, elle tourne les pages, celles de son histoire, en imagine une suite, une nouvelle trajectoire remplacée par une autre et ainsi de suite. La jeune fille de St Luçon est devenue une femme, elle se bat toujours pour la liberté, pour cela elle a embrassé une carrière militaire. La Cochinchine, l'Annam, le Laos, le Tonkin, et maintenant la Chine, elle en a fait du chemin dans ces années d'après-guerre, l'écho de celle-ci de loin en loin ne veut pas s'éteindre. La politique elle n'y comprend rien, on parle de guerre froide, d'invasion rouge, de retrait des troupes. La France n'est plus crainte dans cette partie du monde, ni dans d'autres d'ailleurs. À nouveau Joséphine le sait, elle va devoir partir, abandonner ce qu'elle était venue bâtir, une nouvelle fois elle va devoir se déconstruire. Elle s'est attachée à cette maison sur la plage, à la paix relative, au calme du rivage. Laurent, lui, s'est en allé ce matin. Il l'a embrassé longuement en la serrant contre lui, ils ne pouvaient se dire quand ils se reverraient. Il a longé l'anse jusqu'au ponton, sauté dans la vedette et c'était terminé. Dans son cœur, c'était comme quand Lucien avait plongé plein nez dans le champ de blé. Laurent est parti, vivant, pour combien de temps ? Joséphine serait bien restée quelques années de plus à Guangzhou, à écrire dans ses cahiers sur la terrasse sous l'ombrage du Magnolia, à sentir tout près la présence de l'homme qu'elle aime. Il n'était pas surprenant pour elle que l'existence ait prévu un autre scénario. Elle se souvient que dans la pire des situations, elle avait mis sur son chemin un chapeau, un manteau, un foulard, des chaussures, un costume prêt-à-porter pour la tirer d'affaire. Ce soir, c'est Mirabelle en elle qui regarde fixement le ponton, pour ne pas que Joséphine pleure son amour en allé au loin, là-bas, vers d'autres combats.

Accoudé à la fenêtre, je regarde les passants dans la rue, je les imagine à une autre époque, courant tous aux abris, la sirène prévenant d'un bombardement imminent. Mais non, on est juste le premier mercredi du mois, la caserne des pompiers annonce ça chaque fois. J'ai commencé à lire *Guangzhou*, ça a l'air bien. Je suis content de mon entretien avec Joséphine Buisson ressuscitée. Elle a plutôt été bienveillante, faut dire qu'avec elle on partait de loin. Lucifer vocifère c'était sa tangente avant qu'ils n'adaptent son traitement. Je suis soulagé de pouvoir enfin communiquer, elle n'est plus hostile même si je perçois que ça pourrait repartir à la moindre étincelle. Aujourd'hui je lis son bouquin, j'irai la voir demain. Elsa mon soleil est passé ce matin, dans ma chambre on s'est aimés. Non, je ne vous dirai rien, cette intimité nous appartient. Bien que ça me dérange, ce qualificatif de neutralité qu'a employé Joséphine, ça me turlupine parce que c'est un peu vrai. Déformation professionnelle ou refuge sécurisant pour ne pas avoir à me livrer. Je suis un bateau amarré au quai niveau écriture. Je n'ose pas tout larguer pour la mer de la littérature. J'étudie toujours la météo, mais je n'ai pas levé les voiles ni battu des ailes au bord de la falaise. Il faut se le sentir le grand plongeon, aller racler ses tréfonds, visiter ses failles béantes, confesser son bouillon de doutes et d'espoirs, sa soupe d'humanité. Moi, je n'ai pas connu le pire, la violence, la guerre, le combat pour la liberté. J'ai été traumatisé deux jours par l'accident de Joséphine Buisson, au point d'avoir repris la cigarette. Mais j'ai arrêté net quand avec Elsa on a commencé à s'embrasser. Depuis on continue, chaque fois que l'on se voit, tellement c'est bien, tellement c'est bon. Chez moi, dans le fond, je ne sais pas trop ce qu'il y a à découvrir, le stylo à la main je ne suis jamais descendu aussi loin. À fréquenter cette auteure étrange, il se pourrait bien que ça change, qu'elle me fasse péter un chakra, qu'elle me révèle mon au-delà, celui masqué par cette apparence, fumeuse, sociale, insérable. Il est temps que je passe à l'acte, ça va bien pour l'écriture délicate, il me faut maintenant une sorte de Patriot-Act, les pleins pouvoirs pour aller chasser dans mes eaux sombres, ma tourbe d'humain, mes secrets immondes, en ramener des échantillons en surface, à la fenêtre du monde.

Joséphine déguste une tasse de thé vert sur la terrasse, sous le magnolia. Des vaguelettes s'émoussent sur la plage, c'est très tendre à l'ouïe, très doux à l'écoute. Son regard passe du ponton au loin à cette lettre, cet ordre de mission écrasé sur la table sous le plat de sa main. C'est toujours d'en haut que proviennent les décisions, les politiques décident, les militaires s'exécutent. Avec Diên Biên Phu, la France a pris un très grand coup, depuis petit à petit on remballe tout, le carnaval et son histoire d'amour avec. Joséphine est montée en grade et vers le nord jusqu'à ce rivage de Chine. Laurent l'a suivi jusqu'ici au gré des permissions, elle gardera dans son cœur ce bonheur des retrouvailles sous la mousson. Le ciel bénissant la maison de la plage et leur relation nourrie de joies, de rires et de chairs en nage. L'heure est au démontage du cirque, il reprend la route. L'Angleterre, la France et Israël forment une caravane, l'enjeu a la taille d'une porte sur l'hémisphère sud, celle d'une artère entre deux mers, un canal vital, celui de Suez. Alors elle regarde le ponton, la plage, la maison, pour ne jamais oublier la douceur de l'air du soir, la présence de cet être miroir, Laurent prenant sa main, l'attirant dans la chambre, dans le noir, caressant son corps et venant boire à la source de son plaisir. En amour il y avait eu Lucien, puis plus personne pendant des années, jusqu'à ce qu'elle rencontre Laurent et retrouve le sourire. Il est un bel officier de marine, mais pour impressionner Joséphine Buisson, il fallait bien plus que des galons. Ce qu'elle a perçu chez lui ; c'est en cela qu'elle le trouve différent, c'est sa fragilité, sa sensibilité, son humour, derrière la droiture de la fonction. Le soir de leur rencontre à Guangzhou, il l'avait fait rire, elle s'était alors rendu compte combien, ô combien elle en avait besoin. Est-ce la carence qui nourrit le désir ? Peu importe, Laurent a une personnalité, attachante, délicate, tendre. Elle n'attendait que lui. Elle attendait qu'un type comme lui toque à la porte de son cœur. Il avait été long à venir, mais il était venu. Quand elle pense à lui, il est nu, il rit et l'embrasse, mais quand elle redescend du grenier à souvenirs, il marche vers le ponton, sans se retourner. Quelques rouleaux blancs sur la grève se cassent, la mer remet sa robe en place, un bateau a dû froisser son tissu en traversant la baie sombre. Il leur fallut bien du courage, pour se séparer sans se dire adieu, pour s'offrir un baiser sans larmes. C'est Mirabelle en elle qui l'avait maintenue debout, pour ne pas que Joséphine s'écroule sur la plage. Lui, il s'était retourné pour ne pas qu'elle le voie pleurer, il est parti le dos voûté par son déchirement. Mirabelle est restée fière à regarder la douleur en face, à regarder les pas de Laurent dans le sable qui s'effacent. Depuis, elle s'était levée pour faire du thé, mais n'avait plus quitté la terrasse. Elle regarde le ponton et la plage, elle souhaite imprimer cette image. Son monde se désagrège, il faut tourner la page, celle de l'ordre de mission. Son cœur est gros, c'en est peut-être la raison, mais c'est la première fois qu'elle pense arrêter, tout ça n'a plus de sens. La France n'a pas pratiqué ici une colonisation de peuplement, mais une colonisation d'exploitation économique des ressources naturelles. L'empire français s'était étendu sur la planète, aujourd'hui il se rétractait, se fragmentait comme un cuir usé et mal nourri. Joséphine avait perçu toute l'arrogance du dominant, de sa présence sur ces terres humides et lointaines. Ces amitiés d'intérêts organisaient des dîners mondains, c'est à l'une de ces soirées que Joséphine avait rencontré Laurent. Elle avait ressenti cette suffisance du colonisateur, elle s'était dit qu'en amitié, ça ne porterait pas bonheur. L'indépendance voyait rouge, seuls les gradés et les notables du coin faisaient mine qu'il ne se passait rien. L'Asie du Sud-est muait de sa peau de mère-maquerelle, elle virait ses dessous offerts par l'Europe, ses villes déchirées, sa chair à vif, ses rivières à sang, elle arborait des forêts rouges affamées de morts.

J'ouvre en grand la fenêtre, j'ai besoin d'air, il fait moite comme à Hanoï ou à Guangzhou. Avec tous les progrès dont bénéficie le monde, il n'y en a pas un qui ait réussi à résoudre l'équation de la guerre, autrement qu'en tapant plus fort encore sur son voisin de palier. Je sais, avec les idées humanistes d'un type dans mon genre, en cas d'invasion, ça ferait pas barrage longtemps, je me ferais même accuser par les deux camps de ne pas balancer dans le tempo, de ne pas entrer dans la danse, de ne pas suivre le mood destructeur de rigueur, de ne pas être à ma place dans la bataille, de faire désordre sous les couleurs, d'être un traître qui chante faux sous la mitraille. N'empêche, arrêter de s'entretuer, l'humanité n'a toujours pas trouvé comment faire. Les passants dans la rue doivent penser que la guerre est un temps révolu. Pourtant des soldats de ce pays sont aujourd'hui encore quelque part dans le monde en activité sur un théâtre d'opérations. De l'horreur de la guerre l'homme ne tire jamais leçon, il réitère sa solution, une balle dans le plastron, et après, évidemment ça dégénère. Les frontières s'étirent comme des élastiques, sur la carte c'est facile mais sur le terrain, l'élastique vous pète à la figure. Si la nature n'a pas dessiné sa partition des terres, des montagnes, une rivière, les soldats s'en occupent. Une résidence éternelle pour

délimitation, une ruche d'alvéoles de glaise, des tranchées boueuses pour sépulture. L'index sur la carte n'effleure pas la souillure, les tripes à l'air, l'odeur du sang frais, de la chair brûlée ou moisie. Le garde-barrière est alors promu gardien d'un gigantesque cimetière. Dire qu'aujourd'hui, des gens traversent la frontière pour aller boire une bonne bière, ça me révolte quand je ne comprends pas quelque chose. Bien sûr, son territoire on le protège, mais de là à s'approprier celui d'à côté, c'est faire preuve de convoitise, d'un désir irréversible d'expansion, un peu comme un berger allemand qui s'excite encore plus à la vue du sang, agite sa tête frénétiquement, les crocs serrés sur sa prise. Il vous dira qu'il n'a pas vu de frontière naturelle. Je n'ai pas d'image bucolique en tête, pour contrebalancer la rage des humains.
Ici les arbustes sont des parcmètres, dans le sous-bois de l'abribus y'a pas d'humus. Des cerfs motorisés à trompe de fourmilier aspirent les crottes de chien. Là-bas, plus loin près de la fontaine, un vieil homme promène son âge, sa canne et son caniche nain. Était-il pendant la guerre un héros, un assassin, un simple citoyen ? Il pourrait être un espion discret, un indicateur servile, un résistant de la première heure, un commerçant du marché noir. J'aimerais bien connaître son histoire, celle qu'il promène dans sa tête sur le trottoir. Peut-être est-ce le chien qui promène son maître, la canne qui soutient le poids de l'âme ? Allez savoir. Je referme la fenêtre de la chambre et rouvre celle de la maison de Guangzhou.

Le magnolia explose de fleurs blanches odorantes, de feuilles vertes et luisantes comme du caoutchouc. Entre deux gorgées de thé vert, Joséphine remonte le temps, se souvient de son arrivée quand elle a visité la maison à louer sur la plage. Ce jour-là avait éclaté un fier orage, la maison en avait tremblé de surprise, l'arbre en avait frissonné de tout son feuillage, les mouettes relique avaient fui les branches électriques pour se poser sur la surface d'une mer noire piquetée de cercles d'ondes, d'une généreuse pluie d'argent. Elle s'était sentie bien, neuve, lavée du passé, bénie pour son arrivée. Elle avait souri et dit oui pour la maison, oui à l'arrivée dans sa vie de Laurent, son nouveau compagnon. Elle avait dit oui à la vie pour qu'elle se renouvelle. Joséphine savait qu'elle devait la nourrir pour qu'elle s'en trouve belle. Le bonheur est à choyer comme un enfant qui veut devenir grand. Dans ce cadre paisible ils pourraient l'élever ensemble à l'abri du tumulte des bombardements et des convulsions du monde. Celui-ci gardait de sinistre mémoire les stigmates d'explosions, les champignons des abcès nucléaires. Aujourd'hui il y avait d'autres protagonistes pour entretenir la menace, il n'y avait que deux rôles à pourvoir, allié ou communiste, on ne pouvait envisager une autre distribution. Pour Joséphine, la politique était loin d'être une passion, c'était même pour elle un poison dilué dans ses convictions. Elle cherchait aujourd'hui un sens à l'action de la France. Contre les Allemands l'ennemi était évident, mais ici, maintenant, a-t-on demandé comment veulent vivre les gens ? L'amitié entre ces deux pays, s'asseyait à la table des négociations, on trinquait au pognon que produisait Canton, on trinquait au mépris du colon, au mépris du colonisé, au mépris du petit peuple, les pieds nus dans les rizières. C'étaient des dîners luxueux pour une poignée d'élus en cols blancs, parfumés à outrance d'un nectar passé, vicié d'arrogance. Tous à table disaient Canton, Joséphine disait Guangzhou. On la soupçonnait d'être un agent du renseignement, mais pour qui ? Pour quel camp ? On la soupçonnait de tout. Elle s'en amusait, jouait de l'intrigue semée derrière elle dans les ruelles de la ville, en Jeep ou à bicyclette, en tenue militaire, ou en Hanfu déployé comme un étendard au vent, claquant sur son passage fluide, libre, en deux-roues, sa traversée transcendée de l'Asie. Elle avait aimé se déplacer ainsi au Laos, partout on l'avait accueillie par des sourires, par des grappes de gosses aux yeux écarquillés. Joséphine regarde le ponton, le rivage, son ordre de mission, déguste pleinement son thé et son doute. D'elle même, elle est à l'écoute. Elle a compris que se présente un virage brutal et serré, qu'il va lui falloir négocier. Il est illusoire de vouloir freiner des deux pieds, c'est le monde qui s'emballe, pas elle. Joséphine se sent aussi lasse que calme, elle se sent d'humeur à discuter avec son libre arbitre, à converser avec Mirabelle en elle, le grand architecte de son destin. Elle n'a aucune affinité avec les chefs rouges, mais auraient-ils eu ce même pouvoir, si la France n'était pas restée sourde à leurs aspirations d'indépendance ? Elle se disait que c'était leur boulot de rédiger une concorde, plutôt que de les regarder de haut, avec suffisance. Ceux avec qui il avait été possible de discuter avaient subi le même traitement que les bandits sanguinaires de la forêt. La parole des Occidentaux c'était une mélodie de serpent, un souffle dans un roseau, du vent dans un pipeau, un refrain persiffleur dont les actes contre-disent les discours. Haimeï, son amie lui avait dit ce que pensaient les gens des Européens, «...des blancs suffisants auxquels il est difficile d'accorder sa confiance». Encore une gorgée de thé, encore un regard vers la mer, c'est elle qui lui prend Laurent, elle qui le lui rend, au fil du temps, des vagues et des affectations. C'est la mer qui berce d'un ronron effervescent la lagune, pendant qu'elle compte ces lunes qui la séparent de son amant. Cette fois, elle part aussi. S'ils se retrouvent un jour, une nuit, ce ne sera plus ici. Ce sera un ailleurs, un autre lieu, d'autres odeurs, une autre lumière. Pour cela, il faudrait que la mer accepte de lui rendre Laurent vivant. N'importe quelle chambre dans le monde ferait l'affaire, suffirait alors à leur désir simple, rassembler leurs corps, leurs chairs, leurs cœurs impatients.

J'ai fait une pause dans ma lecture, je me suis accoudé à la fenêtre, je regarde passer les voitures. Elles se reniflent le derrière comme pour vérifier le menu de leur carburation. Ces pots d'échappement polluent l'air et vous bousillent les poumons, c'est vous dire si l'homme est con et moi avec au balcon. J'ai pensé bien sûr, à aller vivre à la campagne. Je n'ai fait qu'y penser, c'est tout. Je ne suis pas allé au bout du raisonnement. Dans la vie, j'ai toujours été le témoin de service, pas le héros conquérant. Je suis plutôt du genre j'observe et j'attends. J'ai attendu longtemps et puis est arrivée Elsa.

Joséphine Buisson avait fait son numéro au chapeau comme chauffeuse de salle, pour me présenter en guest-star, la Elsa de mon cœur, mon soleil, ma merveille, ma beauté belle. J'ai envie de l'embrasser, sinon je vais me remettre à cloper, ce serait dommage, non je préfère goûter à sa bouche et défaire lentement son corsage. Vivement demain, vivement bientôt, que je goûte à nouveau à sa peau, la respire, la caresse, l'embrasse. Je ne sais pas si c'est la lune de Guangzhou qui me fait cet effet-là, mais le désir est comme une voisine du dessous, qui serait monté prendre l'apéro dans mon cerveau, on entretient depuis des relations de bon voisinage, mais cette affaire-là, il y a qu'avec Elsa que je la partage. Vivement ses reins, ses fesses, son ventre, ses seins, sa bouche, ses mains, vivement bientôt, vivement demain.

Joséphine se souvient de ce jour où elle a rencontré Haimeï, ce prénom veut dire petite sœur de la mer. Elle pédalait sur le chemin à l'embouchure du fleuve, elle remontait à travers les rizières. La terre se faisait alors le miroir du ciel, il poussait des nuages dans les marécages, des nénuphars dans le ciel bleu. Les talus se paraient de lilas des Indes, de bambous flèche, c'était pour elle une traversée luxuriante de toute beauté. Elle avait aperçu un village lacustre, quelques jonques d'habitations regroupées autour d'un ponton chancelant. Une femme avait surgi sur le pont de l'une d'elles, hurlant son désespoir, levant son bébé au ciel. Joséphine arrivait à point nommé, c'était un miracle qu'elle ait pu ranimer l'enfant qui s'étouffait, il avait avalé un objet qui obstruait sa trachée. Haimeï s'était inclinée, prosternée avec ferveur pour la remercier. Elle avait découvert que chez les Français paresseux et hautains, il y avait une exception, un condensé humain, féminin, portant le soin, elle avait sauvé son enfant, c'était Joséphine Buisson. C'est dans cette émotion vitale et palpable sur la jonque, la maison d'Haimeï, en partageant un bouleversant soulagement, des sourires appuyés et du thé qu'était née leur amitié. La mer de Chine porte une robe noire, sa tenue de soirée ourlée d'une mousseline blanche, chantante comme un refrain salé. Laurent est parti le premier, Joséphine allait suivre, sa cohorte de vécus sur cette terre lointaine et quelques photos en noir et blanc avec elle. Elle emportera aussi ces parfums insistants et pourtant provisoires, fragiles, fugaces, qui traversent la terrasse, remontent la rivière. Un brin d'air doux amer, un petit vent de terre, la vapeur de la théière. Rien, décidément ne dure, c'est une loi de la nature. Ces détails olfactifs, imperceptibles, font la magie d'un présent manifesté, le temps de le définir, il s'est aussitôt envolé. Alors elle respire ce futur souvenir, inspire dans ses narines ces effluves verts et la brise marine. Mirabelle est son armure, sa légende, son ange gardien. Mirabelle a la peau dure, Joséphine a le cœur tendre. La guerre elle, ne fait jamais de cadeaux. Quand elle ne broie pas les hommes, elle peut en faire des salauds, d'autres en perdent le ciboulot, ou tombent fous amoureux de l'alcool, de l'opium. Une embarcation passe comme un fer à vapeur sur le velours de mer, des ourlets blancs naissent et ondulent en direction du rivage, la robe noire s'agite et s'émulsionne aux pieds du territoire. Haimeï, petite sœur de la mer, lui avait enseigné un peu de sa cuisine, un peu de son savoir de la pêche et de la philosophie. Haimeï va nu-pieds, sourire aux lèvres, jamais d'autre plainte dans son expression, que celle initiale de leur rencontre. Elle avait imploré le ciel de lui venir en aide, dans un vagissement animal. Il lui avait envoyé Mirabelle, comme une réponse au mal. Son hurlement avait fait frissonner l'onde mordorée, elle avait froissé les feuilles de bambou, fait trembler les entrailles de la terre, vibrer les entrailles d'une mère. La vie et la mort se disputaient l'enfant, tandis qu'une femelle tigre feulait son appel à l'aide. Cette rencontre avait été d'abord violente, troublante, puis heureusement réjouissante. C'était une intimité flagrante entre deux inconnues, cela bousculait chez chacune la conception de leur humanité. Un lien fort, spontané, jailli on ne sait d'où. Haimeï avait vu un ange salvateur dépassant des rizières, surgir, redonner souffle et vie à son enfant en détresse respiratoire. Après ça, en l'humain, en son pouvoir divin, elle avait recommencé à y croire. Joséphine se souvient. Pour Lucien, la rencontre c'était dans la forêt, l'excitation et la peur. Ils s'étaient adossés aux sapins, ils guettaient l'arrivée d'un train pour faire sauter la voie ferrée. Ils avaient couru à en perdre haleine, ils s'étaient embrassés en apnée et séparés aux bergeries du col. Il avait regagné les monts, elle avait retrouvé la plaine, mordus par ce baiser, ce désir, cette envie. Pour Laurent, c'était autre chose, il était entré semble-t-il dans sa vie pour l'aider à accomplir une mue, une sorte de métamorphose. Jamais elle ne s'était sentie aussi choyée, aimée, jamais elle n'avait été sujette à autant d'attentions. Il l'avait libérée pour écrire. Laurent, discret, droit, empreint de délicatesses, l'avait sortie d'une sorte de prostration affective où elle était restée figée. Sa mémoire amoureuse s'était arrêtée au départ, au bond de Lucien, il oscillait encore dans le champ de blé et dans son souvenir, comme un ballon que l'on tire à la foire. Derrière lui, elle avait rabattu plusieurs années durant, le rideau sur sa vie de femme, jusqu'à ce que Laurent vienne l'entrouvrir d'un simple sourire. Ils s'étaient revus à la Pazhou Pagoda, elle ne se souvenait plus de ce qu'il avait dit, mais elle se souvenait parfaitement d'avoir éclaté de rire. Le présent enfin, prenait alors plus de place dans sa vie que le souvenir. Un printemps qui vous éclate à la figure, qui rend secondaires vos blessures, un poids qui disparaît, s'évapore dans la nature. Elle s'était sentie légère, en phase avec le végétal, le genre humain, et l'air marin. Elle s'était prise d'affection pour Haimeï, chaque incompréhension se ponctuait d'un mot nouveau qui sautait la barrière de la langue ou d'un sourire, qui lui, de toute façon passait au travers comme un éclat de lumière. Oui, pour Joséphine cette amitié était précieuse. Pour Haimeï ça l'était aussi mais il allait lui en coûter. Lorsqu'elle revint de Shamian, son île sur le fleuve, elle était couverte de marques, des hématomes, des cercles bleus et jaunes. Sur elle s'était levée la main d'un sous-homme, un demi-cerveau brutal, trop vite à court d'arguments. Dans son village du fleuve, on lui reprochait cette amitié avec une espionne française. Les indépendantistes avaient le nom Joséphine Buisson sur leur liste, cette rencontre soufflait sur la braise. Lorsque Joséphine découvrit l'état d'Haimeï, elle voulut connaître le nom du frappeur de ces dames. Haimeï refusa de dénoncer le coupable, elle pressentait ce dont Joséphine était capable. Joséphine remonta le fleuve sur un sampan, à la recherche d'un ennemi inconnu, elle avait tout son temps, sommeillait en elle Mirabelle comme une panthère patiente. Le soir l'air redescend la rivière, il charrie des effluves de terre, d'humus, d'humidité, de moisissure, et celle de la sueur acide d'une crapule. Les moustiques pullulent, les insectes grouillent sur et sous la canopée. Mirabelle sommeille. Sa mission au départ n'était pas officielle, mais elle l'était devenue lorsqu'elle découvrit le nom du cogneur de femmes. Li Yin, ce nom sonnait dans sa tête comme de la vermine. Il était un chef de section tapi dans la forêt, un petit dictateur de sous-bois tropical à la tête d'un escadron qu'il martyrise, tandis que les combats s'enlisent et que la pluie redouble. Le sampan remonte le fleuve sur un courant d'air, la pluie chante sur la rivière, comme on sème indéfiniment des pièces d'argent. Joséphine veut venger petite sœur de la mer, Mirabelle veut réduire à néant ce serpent de rivière. Il en naîtra d'autres à l'embouchure et au delta, dans la pourriture des bois, le ferment des feuilles et des champignons, la décomposition ambiante, la désagrégation coloniale sous la chaleur moite. Éliminer ce rat des eaux c'est son idée, alors qu'elle s'enfonce à fleur d'eau, camouflée sous le manteau putride de la forêt.

Elsa et moi, épaule contre épaule, on est accoudés à la fenêtre, on regarde les passants et les voitures pressées. Elle porte une nuisette rouge, je porte un tee-shirt blanc. Nos jambes sont nues, mais ça, ce n'est pas visible du dehors. Dehors, ils sont occupés à se déplacer de là où ils sont. Je montre à Elsa le caniche nain qui promène son maître. Elle me dit qu'elle les connaît, il s'appelle Roméo, et le maître Monsieur Victor. Cet homme-là, tenez-vous bien, a été chercheur d'or, chasseur de trésors. Je reste bouche bée en regardant Elsa formuler cette précieuse information. Ses lèvres sont belles, dessinées, sensuelles. Ces quelques mots suffisent pour développer une histoire tout entière. Amérique du Sud, Australie. Mes pensées font des bonds sur le globe qui tourne et vire, des idées-ressorts en bottes de sept lieues chevauchant des déserts rouges et brûlants, des forêts imaginaires. Pour arrêter ce manège dans ma tête, je ferme les yeux, enlace Elsa et l'embrasse. Après, ça va mieux, ça me passe. Je referme la fenêtre comme on ferme sa gueule au trafic trop bavard. Je soupire et remonte la fermeture éclair de sa robe, comme on clôt un chapitre au paradis, et voilà.

4
Haimeï

Si la pluie a cessé de tomber, les arbres gouttent et douchent encore lentement la forêt. Des oiseaux invisibles signalent la présence d'une panthère, Mirabelle est là. Des frôlements dans les arbustes, des crépitements dans les feuilles, le sol est éponge des sons qui se répondent, étouffés par l'air humide. Ce n'est pas tant la chaleur, mais plutôt ce taux d'humidité qui lui fait manquer d'air. C'est aussi ce rendez-vous avec la mort. On dirait que les arbres sont déjà au courant, ils annoncent la nouvelle de branches en branches, aux oiseaux qui la relaient à tire-d'aile, aux moustiques, aux scorpions, aux vers remuants. Ici, tout fermente et se transforme, chacun est nourriture de l'autre. Les odeurs sont fortes, tenaces, d'autant plus la charogne. Un buffle éventré exhale un nuage insupportable de mouches pondeuses. Des scolopendres frétillent d'appétit, des taons, une salamandre, une colonie de fourmis sur les muscles et les tendons, un cumulonimbus de guêpes, autour du volcan de chair, faisandée à l'excès par la température. Un festin est en cours, il y en a pour tout le monde, la persistance de l'odeur est immonde. À pas de velours, à plat ventre, frôlant le sol et la gadoue de feuilles, Joséphine progresse vers le campement de Li Yin. Elle a profité du voyage, de sa lente remontée du fleuve, pour se calmer et méditer. Elle avait eu au départ une pulsion de réaction, on avait touché à petite sœur de la mer. Ensuite son enquête l'avait menée sur son terrain de prédilection, d'action d'agent de liaison. Elle joignait ainsi l'utile au désagréable, sa vengeance entrait dans un cadre respectable. Les yeux écarquillés, tous les sens en éveil, la panthère progresse, elle est désormais un animal de forêt tropicale. Elle entend le discours des feuillages, les derniers mots de ces gouttes d'eau, comme des perles, des œufs de vie qui pépient. Dans cet infiniment petit va éclore un éternel recommencement. La mort n'est qu'une étape du cycle, elle est nourriture du vivant. Joséphine progresse dans l'intestin de la forêt, dans la boue digérée, luisante comme un cobra, silencieuse, concentrée. Tout être ici veut survivre, elle, elle vient donner la mort. Ironie du destin, à l'approche du campement elle aperçoit Li Yin accroupi derrière un arbre. Elle vérifie sa photographie, c'est bien lui, c'est le seul à porter une veste militaire. Au loin, des combattants flamboient et discutent autour du feu. Le ronron de leurs voix inaudibles est chantant et monocorde. Li Yin est là cul nu, devant elle à portée de lame, en train de déféquer. C'est étrange cette spirale à la fin du côlon, cet alambic qui enroule vos déjections comme un cornet de glace. La panthère sent l'odeur forte de sa proie, elle sent ses entrailles, le rance qu'exhalent ses vêtements. Par l'odorat, elle identifie cet homme assis au-dessus d'un vortex d'excréments pris d'assaut par les mouches avant même que le serpent ait fini de former le puant colimaçon. Une pluie de sang frais, rouge-vif, irrigue la sculpture de digestion, comme un coulis, une touche finale écarlate. La lame de Mirabelle a tranché l'artère de la carotide, mis fin à sa voie de communication, depuis c'est une tiède inondation. Le sang chaud pulse, gicle sur le tronc de l'arbre, et s'écoule sur les racines. Joséphine maintient Li Yin qui s'agite, il y a quelque chose d'humain dans son geste, elle l'accompagne pour l'au-delà, encore un dernier soubresaut et voilà. Elle le dépose alors délicatement sur le sol, le laissant ainsi baigner dans sa merde et une éclatante mare de sang.

Accoudé à la fenêtre, je cherche un peu d'air, Joséphine Buisson m'a donné la nausée. Elle n'y est pas allée avec le dos de la cuillère. Ce bouquin, on aurait pu croire que c'était une romance coloniale à l'esthétique élégante et soignée, là, elle avait chargé la mule. En tant qu'auteure, elle était descendue racler le fond de son humanité, presser l'intestin du langage, pour former l'entortillage des phrases, et celui de l'offrande puante de Li Yin, un attrape-mouche naturel et gluant, arrosé d'un coulis d'hémoglobine. C'est sûr, Mirabelle en avait dans le ventre, il fallait avoir l'estomac sacrément bien accroché pour poursuivre ma lecture. Elle aurait voulu me dégoûter, elle ne s'y serait pas prise autrement. J'attends accoudé à la fenêtre, que cette odeur se casse. Je regarde les passants qui se pressent, comme s'ils avaient senti cette puanteur eux aussi, ils ne demandent pas leur reste, ils se tirent et détalent comme un envol d'hirondelles. Les conducteurs de chiottes remontent leurs vitres, la bouche d'égout expire l'haleine de la ville, elle rumine dans son duodénum, des relents de rejets séculaires, la digestion des hommes depuis la nuit des temps. J'ai mis une cafetière sur le feu, pour reprendre la main sur le terrain des parfums, parce qu'un peu ça va bien. Ce livre, vivement que je le termine, que je la referme sa page d'Indochine.

La robe de la mer est d'une étoffe sensible à frémir à la moindre caresse d'air. De l'encre bleue à l'encre noire, elle miroite l'or ou l'argent selon l'heure, mais se teinte dans la baie d'alluvions que le fleuve charrie depuis l'amont. L'apport est marron ou mordoré selon, une offrande conjuguée et nuancée du flot des affluents. C'est un dégradé de colorimètre selon les saisons. Les pluies des montagnes descendent se jeter dans les bras de l'amer, elles forment un bouillon de terre, une matière ocre et fluide, une eau de boues où le monde d'en amont s'est dissous. Il a voyagé jusqu'à la plage, jusqu'au frisson sonore du mariage de la rivière et de la mer. Joséphine a refait du thé, cette fois c'est du Japan Lime, un thé ramené du Japon, un thé vert aux écorces de citron. Elle passe en revue sa mémoire, celle de cette terre qu'elle va bientôt quitter. C'est un peu un état des lieux, en Asie son histoire, un inventaire d'émotions qu'elle emportera avec elle, qu'elle devra soumettre à l'épreuve du temps, à l'usure inéluctable des souvenirs. Il y a les souvenirs que l'on recherche, et ceux qui vous harcèlent. Il y a des soirées de joies, des nuits avec Laurent, des journées avec Haimeï, et Jian le bébé. Des échappées en solitaire, en bicyclette, à l'intérieur des terres. Des nuits chez l'habitant, des rencontres fortuites. Il y a aussi des souvenirs comme des chambres noires. Si vous ouvrez la porte de ces congélateurs, il vous faudra des heures pour sortir du cauchemar. Ces odeurs d'excréments, de sang, de moisi. Les senteurs de la forêt, qu'elle voit désormais comme une entité. Une divinité qu'elle honore de deux bâtons d'encens. Joséphine vénère et soumet ses pensées à sa mère sylvestre, celle qui a fait naître en elle un être sauvage à l'écoute d'un froissement de feuillage, capable d'un geste lent et mesuré d'une forme de calme rage. Capable de trancher lentement la chair humaine de sa lame, de libérer une âme, fut-elle moisie elle aussi, sacrifiée dans le temple des arbres. La forêt avalait les soldats, les combattants, les habitants pris entre deux feux, même les déplacés soumis aux serpents, à la fièvre. Les plus résistants s'exilaient, d'autres tombaient en chemin dans la glaise boueuse, ou pourrissaient dans des rizières abandonnées. Bien sûr, parmi tous ces souvenirs, il y eut ce matin chagrin. Joséphine était en chemin vers Guangzhou lorsqu'elle aperçut sur la route une colonne de soldats. Ils embarquaient sur des barges pour remonter la rivière. À leur tête elle reconnut dans la Jeep le Colonel Bréant, ses lunettes rondes et noires, son cigare entre les dents. Joséphine s'arrêta à la fois pour le saluer, et s'enquérir comme toujours d'informations précieuses. C'était une belle matinée jusque-là, mais plus Joséphine approcha, plus le visage du Colonel changea, s'affaissa. Joséphine s'avance et inspire, puis expire, elle souhaite réguler sa respiration, son cerveau a déjà compris qu'elle va devoir prendre la charge d'une forte émotion. Tout va très vite dans sa tête, ça tourne, ça tourne le manège des possibles. Laurent, non pas Laurent. Impossible, elle l'aurait su, senti dans sa chair, dans un rêve, un cauchemar, la forêt ou la mer l'en auraient avertie. Le Colonel Bréant sort un flacon, on dirait une petite bouteille d'apothicaire, une recette médicinale pour parer les horreurs de la guerre. Il lui tend le flacon insinuant qu'elle va en avoir besoin. C'est de l'alcool de riz, du Baijiu. Joséphine avale une gorgée de bon matin avant d'avaler la couleuvre. Elle ne fait pas semblant c'est pour cela qu'elle a avec cet homme-là, une relation mesurée de confiance. Il n'a pas quitté ses lunettes, il commence :

— Là-haut, depuis deux jours c'est un vrai feu d'artifice. Ce n'est pas beau à voir. La rivière charrie les corps. Les combattants sortent de terre, de partout, plus il en meurt plus il en vient. Shamian, Er'sha island, Honam, Changzhou, Longxue, c'est là-bas que j'envoie mes hommes au charbon, je n'ai même pas une bouteille de bourbon, juste cette pisse de riz. Le colonel Bréant, prend une respiration, une gorgée de Baijiu, Joséphine veut en avoir le cœur net, elle commence à comprendre :

— Sur Shamian c'est comment ?

— J'y étais hier dans l'après-midi... Le village était en flammes, les habitants morts ou partis, beaucoup on essayé de s'enfuir, il y a des corps qui flottent partout, hommes, femmes, enfants, soldats, combattants, des carcasses de jonques, de sampans, des barques, on dirait un cimetière humain et marin cette rivière. Elle bouffe tout, et tous, on va tous pourrir là-dedans. Nous, tel que tu nous vois, et bien, on va se jeter dans la gueule du loup.

– Haimeï ?
– Haimeï... Sa jonque, la moitié reposait par le fond. On l'a trouvée avec le bébé sur le pont. On les a enterrés ensemble dans la forêt, au pied d'un genévrier, un arbre sacré, ils m'ont dit aux neuf dragons. Ils ont déposé des fruits, des encens. Je peux te dire qu'on a eu du mal parce qu'il en sifflait des balles. Désolé Josy, ils reposent dans l'estomac de cette forêt jamais repue, on a fait ce qu'on a pu pour leur donner une sépulture. À l'heure où je te parle il tombe encore là-bas des obus, peut-être même une pluie de bombes au napalm. C'est l'enfer sur terre cette rivière, un égout de l'Ancien Monde, un vrai vide sanitaire où j'envoie nager mes hommes.
Joséphine a rincé la théière, l'a reposée sur l'évier à l'envers. Par la fenêtre ouverte de la cuisine, lui monte aux narines des bouffées bleues de glycine. Elle referme les volets, elle déroule les Caijuns, elle murmure une chanson, une berceuse de l'enfance. En lui fermant tous ses yeux, Joséphine berce la maison vide pour l'endormir. Elle s'en va. Sur son ordre de mission est inscrit Port-Saïd. Elle referme la porte derrière elle, part d'une allure fière, d'une démarche altière, sur le chemin qui borde la plage elle disparaît peu à peu derrière la dune, jusqu'à n'être elle aussi, comme Laurent, qu'un point final, une toute petite pointe fine. Joséphine Buisson a tourné sa dernière page d'Indochine.

Je suis accoudé à la fenêtre, je regarde les passants dans le paysage urbain. Ils sont tous très nerveux le matin. Ils ont dû se réveiller à un endroit où ils n'auraient plus dû être. J'ai terminé la lecture de

Guangzhou. Certains ont pu traverser ces pages comme un roman d'aventures, moi j'ai l'impression d'avoir en cette nature, progressé dans l'intestin du monde. J'ai lu la confession d'une méditation féminine, jusque dans sa part sauvage, féline, assassine. Ce livre a dû me faire impression, car je vois les passants pressés comme des insectes colonisant la cité immense, cette charogne. Avec la détermination de leur foulée c'est sûr, ils vont la ronger jusqu'à l'os, se disputer la moelle. Alors ils se dépêchent, avant que la ville ne sèche comme une viande grisâtre offerte aux néons. Je ne sais pourquoi, tout à coup je me dis, qu'il n'y a pas plus propre qu'un ver dans une pomme. Oui, il n'a jamais bouffé que de la pomme. Comme le ver de fromage, qui n'a connu que le fromage. Des idées comme ça, ça peut vous emmener loin, très loin, jusqu'au ver humain. Il prend votre corps pour un porte-avion, s'invite au festin de la putréfaction, se rassasie avant même d'ouvrir ses ailes de mouche, et d'envisager un décollage. Quand le vaisseau mère est mort, une multitude de capsules, de bulles, d'œufs, s'en échappent et partent en voyage. C'est un don d'organes généralisé où la nature vous survit, vous perpétue, dans une déclinaison de petits êtres grouillants puis ailés. Des petites vies tout aussi risquées, le bec d'un merle, la langue d'une salamandre, ou le plat d'une main sur la table. Une mouche que l'on tue c'est un peu de vous qu'on massacre. Avec des idées comme ça, on ne voit plus les choses de la même façon. Le ver dans la pomme c'est une merveille, une perle rare, une pulsion de vie inaltérable. Même une tache de moisissure sur un grain de

raisin, c'est une force de la nature qui en réfère au divin. J'aperçois Monsieur Victor au loin, il promène Roméo, son caniche nain. L'histoire de ce découvreur de trésors, ce pourrait être pour moi un projet futur et lointain, si Joséphine refuse une biographie. Elsa m'a parlé de ce chercheur d'or et ses grands yeux m'ont tout de suite planté le décor. Depuis j'ai l'impression de boiter dans ma tête, la démarche en syncope, traversant à la fois dans mes pensées une mine australienne, et bien sûr une forêt de Chine sous une pluie diluvienne. Et mon écriture dans tout ça ? Elle macère. J'ai eu l'idée d'un type à sa fenêtre, un qui regarde le monde. Il lui envoie des pensées, il s'attend à ce qu'il lui réponde. Du théâtre urbain, un poète naïf contemporain, accoudé, crachant des tas de peut-être sur la tête des passants. Des mollards d'hypothèses, lourds comme des bombes de suppositions à fragmentation. Quelques rafales de certitudes, cette arme automatique de l'intellect qui fait place nette. Des crachats de thèses fumeuses ou gluantes, comme de la fiente de pigeon que la cité des anges saupoudre sur les toits, une neige de supputations, une bénédiction d'imaginaire. Des possibles, il y en a une infinité. Dans la rue tout est mélangé, c'est un peu incompréhensible, désordonné. Les passants entrent, sortent, se poursuivent, s'évitent, se rapprochent, s'enfuient. Ils n'arrêtent pas et je ne sais pas pourquoi.
La grille du manoir a grincé une plainte de ferraille. Elle a recommencé lorsque je l'ai refermée, comme on tire deux traits de craie cassée sur un grand tableau noir. C'est un miaulement du métal, le gémissement d'un train qui par désespoir déraille,

une voix enrouée de rouille, un soupir de boursouflure de peinture, un râle de ferronnerie. Je traverse le petit bois maudit en sifflotant comme un enfant pour me donner du courage. Ce sous-bois est une chambre froide, il y a plein de fantômes dans la salle d'attente. Ils rôdent là, s'impatientent, avant de pouvoir partir se faire un tour de terre, du sport collectif de plein air. Ils doivent aimer la pénombre ou peut-être n'ont-ils pas le choix. Ça caille là-dessous c'est sombre, le soleil ne vient jamais jusque-là. Si c'est un petit purgatoire, une miniature sylvestre, chaque fois que je traverse cette allée glacée sous l'écrasant plafond d'une dense et imperméable végétation, ça me donne des sueurs froides, des frissons. J'arrive haletant dans la cuisine où pend l'ampoule électrique, je n'ai pas un regard pour la plante en plastique, je cherche Elsa pour attraper sa bouche et sa langue, et là oui je me détends c'est magique. Dans la chambre-bibliothèque chante une scie électrique. On a commencé à déplâtrer la momie de Joséphine Buisson. L'air est gorgé de particules de plâtre en suspension, on se croirait dans une boule à touriste, une que l'on retourne pour faire tomber la neige sur la tour Mirabelle. J'ai remis le livre *Guangzhou* à sa place, il me fallait être précis, j'avais l'œil de Moscou derrière moi, j'agissais sous sa menace. Les autres bouquins aussi surveillaient mon créneau dans le parking des livres. Un seul ouvrage qui n'est pas à sa place, et voilà que le voisin développe une allergie, une irritation épidermique s'en suit, ça contamine le rayonnage. La fièvre jaune peut passer de l'un à l'autre, se retrouver à Carthage. Un livre qui n'est pas à sa place et c'est la révolution, une guerre qui se déplace, un château de cartes qui s'écroule, des pages qui s'embrassent, mêlent leurs langues et leurs phrases, c'est le grand baiser de la tour de Babel, un sacré bordel, une pluie de pâtes alphabet à réordonner comme un puzzle de l'impossible. Un livre à sa place, je connais son rôle de fondation, sous le regard de Joséphine Buisson, sous sa pression, je peux vous dire que je ne l'oublie pas. Je souhaite poursuivre la lecture de son œuvre, alors je tire à moi délicatement le livre suivant, ça s'appelle « Port-Saïd ». Je lui montre la couverture pour qu'elle valide mon choix. Entre deux furieux grincements de la scie, dans un nuage blanc, elle crie :

– Ouiiiii !

5
Port-Saïd

Accoudée au bastingage, Joséphine hume son futur et l'air marin, cheveux au vent réel pour moitié ; pour l'autre au vent apparent dû au déplacement, à la vitesse. Sur le pont avant, elle observe la mer droit devant, et plus le paquebot progresse, plus il descend vers le sud, plus le bleu de la mer s'éclaire. Le navire est réquisitionné pour des besoins militaires. À la poupe du navire, l'Asie a disparu à jamais. Il ne reste aux soldats que des regrets, des ampoules aux pieds, des amis morts, des rancœurs envers le gouvernement, et accessoirement, une humanité ébranlée, à peine rafistolée. Joséphine voit en ce voyage un sas de décompression. Sur la houle au loin, sa destination n'existe pas encore à son regard. Elle va mettre ce temps de navigation à profit, pour penser, pour écrire, pour se relire. L'océan Indien lui impose un épurement du vocabulaire, ici s'effrite tout bavardage, n'est utile que le nectar, la fleur de sel, la parole essentielle à qui l'on ouvre la cage du langage. Elle s'enfuit à tire-d'aile entre les lignes d'un cahier. Joséphine respire la mer ou bien écrit dans sa cabine sa rumeur intestine, son humeur marine, sa houle d'âme, sa poésie du grand large. Les navires se suivent à égale distance, ils forment une colonne, se séparent quand à la pointe de l'Asie du Sud-est le sien met le cap à l'ouest, vers cette terre d'Afrique, vers la mer Rouge et l'Égypte. Laurent, son amoureux a lui aussi embarqué pour là-bas, quelques jours avant elle. Israël, l'Angleterre et la France sont tombés d'accord en secret, ils ont appelé ça Le Protocole de Sèvres. Ils s'opposent à la nationalisation du canal de Suez par le président égyptien, ils viennent le lui dire les armes à la main. Joséphine elle aussi est en chemin. Dans le carré des officiers des langues se délient avec de bonnes bouteilles, on parle d'un barrage sur le Nil, il serait à l'origine du désaccord. Après, elle n'a plus rien compris des enjeux du Moyen-Orient, du transport du pétrole et de la maîtrise de la grande écluse de Méditerranée, le canal de Suez, et bien sûr la menace rouge, encore elle. Trop de monde à table pour cette part de gâteau, Israël a faim de plus, et souhaite remonter jusqu'au Caire. La guerre couve et n'attend qu'un prétexte pour renverser la partie d'échecs. Le navire de Joséphine croise dans un entre-deux, un passé laqué noir et vert de Chine et un futur nuage de sable, de terre méditerranéenne qu'elle fera sienne. Elle est en mer dans un no man's land entre deux projections illusoires, deux réalités invisibles qui se font miroir dans son présent d'océan. Bien sûr, elle pense à Laurent, alors elle s'abstrait du temps, elle tire des lignes dans ses cahiers, dans sa cabine, ou sort sur le pont pour respirer la mer. Laurent est son seul lien affectif. Son seul lien d'amour. Sa famille a été décimée. Ses parents déportés ne sont jamais revenus des camps. Son frère a été fusillé au fort de St Luçon. Il lui reste la maison du village où tout a dû rester en l'état, comme la photographie d'un temps révolu. Oui, elle n'a que Laurent désormais dans sa vie et elle l'a bien choisi. Il la rend heureuse bien que toujours discret, il lui renvoie des images d'elle-même qu'elle a appris à apprécier. Du coup elle se libère, rit, sourit, se réalise, même dans l'écriture en secret. Elle l'aime. Elle aime qu'il l'aime, comme il le fait depuis déjà deux années. Les lieux où ils se sont aimés sont mouvants comme les terres sur l'océan d'argent, au soleil il rutile comme une armure et chauffe le navire à blanc. Lourd paquebot chargé jusqu'à la gueule, sur les ponts inférieurs des véhicules de troupes, au-dessus des allures de navire-hôpital, au-dessus encore des civils, des expatriés en déroute que la France ramène à elle en tirant sa révérence à cette région du monde. Au cap de l'humanité, en toute lucidité, tout le monde à bord a perdu la boussole. Le Capitaine est égyptien, le cap il garde le sien, il connaît le chemin. Mais dans les coursives, Joséphine l'entend, les soldats se sentent mal-aimés par le pays pour lequel ils se battent, par ces politiciens qui ne comprennent rien au terrain où leurs frères d'armes sont tombés comme des chiens. Ils ont la rage, nourrissent une frustration, se désaltèrent à outrance d'un vin au goût insatisfaisant de la défaite. Alors ils veulent en découdre, ils veulent de ce conflit à résoudre, se languissent d'un théâtre d'opérations, il surgira à coup sûr un matin sur l'horizon. Sur les ponts supérieurs c'est noblesse et fortune, Madame de... Monsieur le Comte, deux ou trois pontes de l'Industrie, arrivés transpirants au port de justesse. Les voitures bâchées dans la cale ce sont des Facel Vega, des Delage, des Tractions. Le reste, ils l'avaient abandonné sur place. Le soleil se mire dans la glace, sur le plateau d'argent brûlant. L'Égypte se rapproche, il existe au lointain comme un petit nuage, c'est peut-être un mirage, avec cette chaleur, un nuage ocre, Terre de Sienne.

Je me suis accoudé à la fenêtre, pour prendre le premier café. J'ai lu cette nuit jusque tard le livre de Joséphine Buisson, *Port-Saïd*. Ça commence bien, ça me captive, j'ai envie de savoir la suite. Avec elle ça va vite, elle ne traîne pas des heures autour du pot. Avec ses livres je fais les voyages que je n'ai jamais faits. Je suis un enfant de la ville, j'y suis resté. Le périmètre restreint, mon quartier, ça me va bien. Je regarde les passants chaque matin et c'est une expérience cognitive. Tous ces pas dispersés, cette énergie gaspillée où le présent cherche à gagner du terrain sur un futur lointain. Ils ont bien le droit d'avoir un objectif mais chez eux, désolé, c'est pathologique, compulsif. J'ai assez observé la prairie pour pouvoir me prononcer sur le troupeau. Tous ces gens impatients qui jouent des coudes dans la mêlée, ont perdu le nord magnétique. Il y a un truc dans leur cerveau qui fait aimant, ils sont déboussolés. Du coup, ils s'agitent dans tous les sens, chaque matin, chaque soir, avec une constance renouvelée, digne d'une addiction flagrante à la perdition. Depuis le temps que j'observe les passants j'ai compris un certain nombre de choses. La plupart d'entre eux vendent leur temps diurne à une entreprise ou un patron. La nuit ils font ce qu'ils veulent de leur vie, mais le jour, ils tapinent pour avoir une dinde dans le four, payer leurs factures à temps, courir combler un découvert à la banque, ou vite ouvrir une ligne de crédit. Tout ça, vous ne pouvez pas dire que je l'invente, que c'est mon délire à la fenêtre. Joséphine avait écrit de tout son saoul en mer, moi j'en étais encore à mâchonner le capuchon du stylo. Dans la tête, c'est toujours beau on s'arrange, mais sur la page, il faut arriver à faire naître l'image, celle qui par un trou de souris entre deux phrases, va laisser passer une petite lumière, se faufiler une complice émotion. Laurent avait libéré Joséphine pour l'écriture, mais elle était privée de sa présence, il était loin. S'il avait été là auprès d'elle, elle n'aurait pas consacré une seconde à cette deuxième voix féconde. Elsa, elle est bien là, dès que je la vois j'ai envie d'y coller mes doigts et ma bouche ventouse. Alors l'écriture, c'est un fantasme de calligraphie sur sa peau, une poésie d'épiderme, le goût de mer sur la langue. Elsa est ma pieuvre, ma murène, ma raie manta, ma sirène. Écrire, ce serait vous raconter l'aquarium où baigne le bonhomme, ça me semble encore impudique, en gros je n'écris que pour elle. Avec Elsa j'ai trouvé mon port d'attache, alors ne me parlez pas de voyage en solitaire. Les tempêtes et les souvenirs qui font tache, j'ai déjà donné merci. Je vous dis franchement je préfère jouir de la vie, même si je comprends que pour certains, écrire c'est confesser ce qui est trop lourd à porter. Ce n'est pas mon cas, je me sens léger, je n'ai jamais rien vécu. Oui, des histoires imaginaires, accoudé à la fenêtre, j'en ai vécu plein. Ce matin encore avec Monsieur Victor et Roméo son chien, j'ai balbutié son nom en essayant d'imiter un improbable accent australien, Vikchtor. Je suis plutôt du genre bon public, je démarre avec un rien, faut pas me donner un bout de la pelote de laine sinon je ne peux pas m'empêcher, je déroule, je déroule. Pour Joséphine ce n'est pas pareil, lorsque son bateau appareille elle n'a plus rien à elle, juste un ordre de mission et un amour au loin. Elle, elle a vécu du lourd. Alors essayer de formuler son idée lorsque la vie vous enfourne dans la bouche une énorme plâtrée, ce n'est pas du coton, faut savoir mâcher ses phrases et ne pas trop postillonner de mots en retour à la figure du lecteur. Évidemment, en comparaison je n'ai rien dans le ventre, rien à me mettre sous la dent. Ce que je pourrais bien vous dire, ça n'irait pas bien loin. Deux pâtés de maisons, la rue des Capucins, et puis la littérature ce n'est pas un concours de celui qui crache des mots le plus loin. J'ai l'idée d'un type qui regarde le monde à sa fenêtre. Quand il n'est pas là, à imaginer la vie des passants, il ouvre la porte d'un livre, et dans sa vie ça fait comme un grand courant d'air.

Tout commence par un petit nuage Terre de Sienne, sur la ligne d'horizon, un petit soupir de sable, c'est enfin du continent africain un premier signe de respiration. Pour Joséphine, le cumulo-nimbus est en train de naître sous ses yeux chargé de nombreux mystères, de nombreuses inconnues, des équations étranges, des hiéroglyphes insolubles qu'elle essaye d'ordonner en vain dans sa tête. De l'Égypte, elle ne sait rien ou si peu, elle sait seulement qu'y a débarqué Laurent. Le nuage ocre grandit sur l'horizon comme une douce éruption, celle de l'activité de l'homme, de son économie la pollution, et des vents sablonneux du désert qui ont des relents d'hier. Des chantiers pharaoniques émergent dans cette partie du monde, des puits de forage de pétrole poussent comme des fleurs noires sur les mers de sable. Le paquebot lourd et las entre dans le nuage, il ralentit sa course longtemps avant de voir apparaître la ville, il glisse sur son élan. C'est un cétacé livide qui rejoint Port-Saïd, se laisse doucement amarrer au quai grouillant. Accoudée au bastingage, Joséphine observe l'hystérie collective. Tout le monde se cherche, crie, appelle, s'invective. On agite un chapeau, un mouchoir, on agite le bras et la main. Dans cette cacophonie, on installe des rampes, les véhicules de troupes les premiers, les ambulances ensuite sortent du navire, se fraient un chemin dans la foule à grands coups d'avertisseurs. Sur la passerelle ça bouchonne aussi, une valise s'est ouverte, des vêtements se sont envolés, derrière ça commence à râler, ils sont tous pressés de mettre pied à terre, ils en ont soupé de la mer. Des voitures de luxe élégantes, bâchées d'une robe de soirée, s'élèvent dans les airs suspendues entre ciel, terre et mer. Le navire s'évide lentement de tous ses vers, le furoncle de la colonisation s'épure à mesure. Il est solidement ligoté, comme une baleine assoupie enfin arrivée à destination. Joséphine ne sait pourquoi elle reste à bord encore. Elle attend que le quai se calme un peu d'abord, à terre c'est vraiment la cohue. Elle devra rejoindre la caserne pour valider son affectation. Après elle sera libre d'aller et venir, d'aller s'enquérir d'une trace, d'une lettre, d'un mot, s'enquérir de Laurent.

Je suis accoudé moi aussi, mais à la fenêtre. Je fais une pause café dans ma lecture. Finalement une librairie, une bibliothèque, une maison d'édition, ce sont des agences de voyages. Tout le monde ne fait pas le même, on peut plus ou moins choisir son paysage. J'aborde, avec le livre de Joséphine de nouveaux rivages. Ça ne tient à rien, mais ce matin, je vois des femmes voilées sous l'abribus, des odeurs de Kebab remontent de chez le voisin, même mon café porte un parfum mystérieux, celui d'un nouvel Orient, celui-ci se déplace sans cesse comme la terre tourne. Moi je suis amarré à mon quartier, et à Elsa nouvellement. Sinon je voyage à travers les pages, celle des livres que je lis et celles que j'écris. Oui, ça y est, je m'y suis remis. Je ne voulais pas vous en parler mais voilà c'est fait. Désolé, je dois vous laisser, arrive Elsa, mon soleil est dans l'escalier.

Port-Saïd s'est parée d'or et de poussière pour accueillir Joséphine. On y respire mal, on se masque le visage, un vent chaud soulève une tension palpable. Le jour tombe par à-coups comme on cisèle le cuivre, une myriade de lumières s'excite à son regard. Elle n'a pas trouvé de lettre de Laurent à la capitainerie, ni à la caserne. C'est un tel chambardement partout, peut-être a-t-il laissé un message à l'hôtel Continental, ils en avaient parlé ensemble comme d'une éventualité, un point de rencontre au cas où ça tournerait mal. En chemin elle regarde les rues défiler, cela ne ressemble à rien de ce qu'elle connaît. Une Jeep l'emmène, un soldat au volant, elle regarde les façades lisses avec de très fines ouvertures. Ici les maisons sont fermées, on ne montre rien à la lumière. Là-bas d'où elle vient c'est le contraire. On voit tout, c'est ouvert, c'est tout vert, on cuisine dans la cour et le jardin. C'est peut-être l'horaire qui veut ça, les rideaux de fer des commerçants sont tirés, il monte de la ville une rumeur, celle de l'appel à la prière. Joséphine est en route pour l'hôtel, elle aimerait y trouver un courrier du cœur, ça lui insufflerait du bonheur, l'ambiance est à la sinistrose. La lumière est sale et d'or, le ciel vire au rouge et rose, partout des odeurs explosent, celles des fumées des cuisines, celle des égouts, celles des camions militaires qui se suivent à la file. La vie lui semble un manège d'odeurs et d'images à définir, avant de les laisser s'enfuir. Cette idée-là, elle va la retenir pour l'écrire, plus tard, dans son cahier. La ville se couvre de noir, une ambiance de couvre-feu. À l'hôtel Joséphine réserve une chambre, elle n'a pas reçu de courrier. Des journalistes s'impatientent, tous les téléphones sont occupés. Elle a pris une douche, s'est adossée à la tête de lit, elle a rouvert son cahier comme pour se retrouver. Dehors, dans les quartiers voisins de cette ville inconnue crépitent des tirs épars. Ce ne sont pas des enfants qui jouent avec des pétards, non, de la crise de Suez c'est le point de départ. Pendant quelques secondes, Joséphine s'est sentie heureuse. Un rai de soleil sur la table, l'éclairage d'un petit déjeuner dans la grande salle du restaurant. Du pain frais ensoleillé, des copeaux de beurre éclairés dans une coupelle, de la confiture de figues, une orange pressée dans un verre, et un grand café odorant et fumant jouant avec le rayon infiltré de maître soleil. La nuit a été courte, agitée, des tirs sporadiques puis des échanges fournis. Dans les haltes de silence, des chiens ont hurlé, ils se sont relayés de quartier en quartier un message important. Joséphine ne sait pas lequel. Elle n'a pas aimé cette plainte venue du ventre, comme disent les gens, quand les chiens hurlent à la mort. Le café s'irise dans le bol, le jus d'orange tremble dans le verre, la table à son tour frissonne, au-dessus de l'hôtel vrombissent des avions. Les verres des tables alentours tintent entre eux, comme on applaudit la parade. Le lustre aussi frétille, tintinnabule. Oui, ça sent la mort qui ronronne, qui attend et renifle son rendez-vous macabre. Anderson, un journaliste suédois, l'a avertie d'un bombardement imminent. Elle prend son café tranquillement et l'hôtel grelotte autour d'elle, il vibre. Des cétacés du ciel chargés jusqu'à la gueule arrosent d'une pluie de bombes les pistes des aéroports. L'aviation égyptienne est clouée au sol, d'autres phases s'activeront dans la journée, des blindés, des troupes certainement. Joséphine déguste son café, sa tartine de pain beurrée avec une touche légère de confiture de figues. Le monde, le ciel, la terre s'ébranlent de la détermination des humains. Le bourdon est incessant et les explosions régulières, elle a dû retirer la cuillère qui faisait chanter son verre. Le jus d'orange est délicieux, et ce n'est pas une guerre qui pourrait changer ça. D'après Anderson, la marine française et la marine anglaise se sont regroupées à Malte, il y a déjà quelques jours. Laurent y a peut-être fait un détour, une escale imprévue. Peut-être est-il déjà revenu. Encore une gorgée de café, le jus d'orange elle ne le finit pas. Le plafond vient d'y saupoudrer une pincée de plâtre. Le ciel leur tombe sur la tête, des oiseaux noirs et gris sucrent le territoire d'une neige de feu assassine. Anderson écrit nerveusement son papier sur le coin de la table, Joséphine cherche à fixer sa pensée d'une maison sur une plage de Chine.

Je prends un café accoudé à la fenêtre, je regarde les passants, les pigeons, nous vibrons tous au son d'un marteau-piqueur. Il y a des travaux dans le quartier, des ouvriers ouvrent les viscères de la ville, on opère, je ne sais pas si c'est un cancer. Monsieur Victor tire sur la laisse de son chien, d'habitude c'est le contraire, il se rebelle l'Australien. Il se penche sur l'incision du sol pour y voir dedans, peut-être veut-il satisfaire sa curiosité, ou donner un avis supplémentaire, ça le connaît les sous-sols. Vu sa mine dépitée, il se retourne et s'en va, là-dessous il ne doit pas y avoir un gramme d'or. Je prends une gorgée de café, je mords allègrement dans une tartine de nuisance sonore, encore un peu et je retourne à Port-Saïd, au livre de Joséphine Buisson. Là-bas se mijote un sacré bouillon, l'hôtel tremble comme un frêle laurier sous un hélicoptère. Joséphine ne bouge pas d'un cil, elle a le cœur bien accroché. Moi je pense à l'ouvrier secoué par le marteau piqueur, à ses muscles, à ces articulations ébranlées et meurtries, à l'état de son corps à la fin de journée. Je pense à ses journées qui se ressemblent, à son existence quotidienne qui tressaille, des années de travail. On dirait qu'il dirige sa mitrailleuse dans les tripes de la cité. Il s'acharne, ne lâche pas le morceau, d'autres ouvriers sortent des tuyaux, des fils de couleurs, du ventre du robot livide, du droïde. Il y a toute une équipe en salle d'opération, il y a du savoir-faire. Chez Joséphine c'est pareil, sur le théâtre d'opérations il y a de l'expérience, les toubibs ont du galon. La piste de l'aéroport de Port-Saïd est piquetée de boursouflures, des abcès ouverts, les cratères des bombardements. Je referme la fenêtre, étouffe la fraise du dentiste qui opère la carie du trottoir, referme la bouche infectée de ma rue, ma jolie prairie qui pue. Au lieu de lire *Port-Saïd*, je ferais mieux de me relire. Oui, j'ai écrit cette nuit. Je me suis peut-être fait un délire nocturne, un qui au matin ne ressemble plus à rien. Il faut rester vigilant, les mots n'en font qu'à leur tête, mon rôle c'est d'accorder un temps de parole à toutes ces pipelettes. J'en ai des troupeaux, j'en ai des wagons qui bêlent, des phrases à saute-mouton, des tournures galipettes. Dans cette prairie-là, ça ne pue pas, à part les mots déguisés avec une peau de mouton, eux ils sentent l'embrouille, le pet du loup. L'idée d'un type qui voit le monde à sa fenêtre, finalement je l'ai gardée. J'ai mis l'envolée du chapeau dans les airs dès les premières pages. J'avais trouvé belle l'image, l'idée percutante de l'accident de bus. Il ne m'en fallait pas plus pour démarrer. Après tout je n'avais qu'à me pencher pour cueillir des fruits, des idées. J'ai placé l'apparition d'Elsa dans l'abribus, j'ai même parlé de Monsieur Victor, de Roméo son caniche nain renifleur de pépites d'or. Bien sûr, j'ai écrit sur Joséphine Buisson, il va falloir que je lui trouve un autre nom, c'est dommage celui-là sonnait bien. Je relis, et ça me rassure, le flux tient la route. Je ne sais pourquoi dans le lit de la littérature, je laisse autant de place au doute. Dans le lit des amours, je n'ai pas le temps d'avoir ce genre de pensées. À l'écrit, je suis intransigeant, un vrai mur à l'écoute, un œil inquisiteur, une surveillance constante, je ne me laisse rien passer. Un vrai salopard, je me coince entre quatre miroirs. Dans ce tour de passe-passe, s'il n'y a pas éruption d'une poésie ; un air saturé du pollen du dire, un geyser brûlant d'harmonie, une éjaculation flagrante comme signature de l'œuvre, franchement à quoi bon ? Oui, j'ai placé la barre très haute, il ne me reste plus qu'à me mettre à niveau. Elsa c'est ma muse, mon soleil, elle m'inspire. Depuis ce matin elle est aussi ma fleur, je l'ai butinée, elle a trouvé ça tellement bon, elle a adoré. Depuis je l'appelle ma pivoine, ou ma fleur adorée. Pour elle, je dois être une sorte d'abeille qui renifle son pistil, un chiot excité qui la lape. Pour moi elle est une orchidée sauvage qui s'intéresse à mon dard, une Vénus carnivore, elle est ma beauté belle. Je déplace sa chevelure, remonte lentement la fermeture éclair de sa robe, elle doit partir déjà. Je la regarde traverser la rue, lui souris comme un enfant perdu. Derrière la vitre du bus, elle m'envoie un baiser et puis disparaît. Finalement, en bas dans la prairie c'est comme dans la jungle, tout a une date de péremption. Un véhicule qui s'attarde au bord d'un trottoir est assailli de papillons, avant d'être emmené par la fourrière. À la moindre réunion au bord de la fontaine, intervient la police municipale. Si vous oubliez un paquet, un bagage, il sera soumis à la destruction. Il ne faut surtout pas s'oublier ou se perdre dans la jungle, surtout pas s'arrêter trop longtemps. Un temps d'arrêt dans une ville ça vous coûte, si vous êtes en bagnole faut donner à manger au parcmètre, sinon je vous dis un papillon ils vous collent, sur le pare-brise une bestiole, puis une autre. Il y en a même qui ont fini désossées, la fourrière a emmené leurs carcasses. On aurait dit des squelettes préhistoriques qui le seraient devenus en un rien de temps. Pour le paquet oublié, c'est un petit robot qui fait le boulot à leur place, la rue est désertée, il n'y a plus personne. Derrière ma fenêtre, je suis aux premières loges, ils le font sauter. Je m'attendais à mieux que ce pet de nonne. Ça me fait toujours une idée en réserve dans le garde-manger de l'écriture, je le fournis tant que je peux pour nourrir l'appétit constant de la littérature, satisfaire l'ogresse en villégiature. Voilà, jusque-là ça va. On ne s'ennuie pas en lisant, c'est quand même important. Je vais me faire un café et une pause, oui et pourquoi pas, maintenant que je me suis relu, je dirais même, je vais me faire une pause café à Port-Saïd.

La terre, le ciel, l'hôtel, son mobilier, ses hôtes, tous vibrent du tremblement depuis le matin. Les cafés se succèdent à la table, Anderson rédige ses feuillets, finalement il s'est installé à celle d'à côté, il a plus de place, même son écriture tremblote. Joséphine écrit elle aussi, elle a arraché une double page de son cahier, puis une autre et une autre. Elle écrit à Laurent, elle lui donnera la lettre en main propre lorsqu'elle le verra. Elle a le sentiment de le retrouver lorsqu'elle s'adresse à lui. Son écriture est gracieuse, appliquée, elle sursaute parfois sur la ligne, quand une explosion résonne, son stylo plume fait un bond.

6
Laurent

Laurent, mon amour. Je t'écris de Port-Saïd, de l'hôtel Continental. Le confort est excellent mais le contexte est au plus mal. Dehors, il pleut des bombes depuis ce matin, des giboulées d'obus, des rincées de mitraille. Je n'ai pas trouvé de courrier de ta part ni à la capitainerie, ni à la caserne. Peut-être est-il en route, peut-être es-tu comme moi aujourd'hui, le facteur de ta propre missive, peut-être que c'est toi en personne qui va m'apporter enfin de tes nouvelles. Ici, dans l'hôtel tout tremble, tous tremblent et transpirent la peur. Je ne sais si j'ai peur, je sais que je suis calme. T'écrire m'apaise, c'est un peu te parler en privé. Je ne sais où tu es, où se situe ton navire, je ne sais si c'est cette tension, ces bruits incessants d'aviation qui nous usent les nerfs, mais il m'arrive aujourd'hui de penser au pire. Ce n'est pas incongru d'y songer quand cette météo gronde, c'est une éventualité non souhaitée et à l'heure qu'il est, les souhaits des uns et des autres n'ont pas la priorité. S'il devait m'arriver le pire, qu'aurais-je avant de partir d'important à te dire ? Beaucoup de choses assurément. Si je devais le faire en deux mots, je te dirais: « Je t'aime ». Si je devais le faire en trois lignes, je dirais que tu m'as ramenée à la vie, que tu m'as redonné le sourire et même l'envie de rire. Tu m'as rendue heureuse, tu m'as fait me sentir bien dans ma tête, dans mon corps. Si je devais te le dire en une page, j'y serai bientôt mon amour, et tu vois, ça me fait du bien de te parler, ça me soulage. J'ai si hâte de te retrouver. Je repense à cette poésie de François Villon, que nous aimons tant. « Frères humains qui après nous vivez... ». Si par un hasard malencontreux, ce devait être ma dernière lettre, il faudrait que tu me le promettes, vis, aime, ris, souris. Il n'y a pas de meilleur pied de nez à la guerre, pas de résistance plus sensée. Je me suis lassée à courir un monde que soi-disant l'on libère, mais l'humanité me désespère. Alors oui, après moi, s'il te plaît, aime encore. Après Lucien, je n'avais plus goût à rien, c'est toi qui m'as réveillée. Alors, si jamais mon départ te procure trop de chagrin, mon amour n'oublie pas, garde ton cœur ouvert. Nous sommes la preuve que ce bonheur est possible. Si je le pouvais aujourd'hui, du train de la guerre je sauterais en marche. Mais il est trop tard, le temps est trop mauvais dehors, l'air est trop chargé d'âmes en partance. Dans cette vie je peux dire que jusque-là, j'ai eu de la chance. Mais aujourd'hui, il me semble que la grande faucheuse ne se présente pas pour un petit prélèvement, elle chasse en groupe, prélève les humains en masse. J'ai l'étrange pressentiment mon cœur que l'on va se faire prendre dans la nasse. Un chien a hurlé cette nuit, puis un autre et un autre. Ils ont relayé l'information, nous allons partir amour. Je ne parle pas le langage des chiens, mais tu le sais j'ai appris le langage de la nature. Je sais que l'un de nous va partir. À vrai dire, je ne sais si c'est moi, si c'est toi, si c'est nous deux ensemble. Mais mon ventre a compris, que ce voyage est d'un autre ordre, que nos véhicules sont en instance de se dissoudre. Je repense à Haimeï, elle croyait en la réincarnation. Va-t-elle renaître dans sa forêt ou à l'autre bout du monde ? Va-t-elle passer sa vie à rechercher et trouver sa vibration d'origine, ce dégradé vert du végétal, du plus tendre au plus foncé ? Un bébé rieur se reflétant dans les yeux d'une maman émerveillée. Une enfant bénéficiant d'une inconsciente expérience, s'affirmant tôt sur ses goûts, ses préférences, plus anciennes que l'on ne croit. Je ne sais pas, mais je n'ai pas à disposition de plus belle histoire. Dans notre prochaine vie, je te le promets, je te retrouverai. Mais si tu nous survis, je t'en prie, dévore le présent. Un reporter anglais vient d'entrer dans l'hôtel, il a voulu tenter une sortie au coin de la rue, une balle a ricoché sur son casque, il en est tout retourné. Celui-là, une fois l'émotion passée, à coup sûr va revoir sa chronologie dans la vie, sa liste de priorités. Après avoir eu peur on ne tournicote plus autour du sujet, on va directement à l'essentiel. Alors, mon amour si je devais partir, à choisir je préférerais quand même une dernière nuit dans tes bras. J'ai toujours aimé te voir rire, te voir nu, j'ai toujours aimé comme nous faisions l'amour. Je garde ce souvenir-là, celui de nos nuits de Guangzhou, on vivait l'amour fou, la symbiose, c'était beau, bon, rare et précieux. Oui, vraiment délicieux. Le reste passe et s'efface comme tes pas dans le sable après m'avoir dit au revoir. Tu le vois bien pour nos disparus, mis à part nos pensées, que reste-t-il de leurs vies dans la parole des gens ? Une contraction d'une ou deux phrases, elle, il était comme ci, comme ça et voilà c'est plié. Deux dates dans le livret de famille, sur la pierre tombale, voilà ce qu'on retient de nous autres, humains. C'est peut-être pour capturer les odeurs, les souffles d'air, les respirations, les pensées, les émotions, que j'ai tant aimé écrire. Tu te rappelles cette fois où tu m'avais fait rire, en disant que les mots étaient comme des pinces à linge ? Tu m'avais dit : « L'important ce ne sont pas les mots, les pinces, ni le linge suspendu, l'important c'est le fil et le vent dans le linge ». C'était déjà l'Asie qui pénétrait en toi comme un souffle, une mémoire ressentie d'une autre vie, à laquelle on renaît indéfiniment. Pour

la guerre, tu avais murmuré : « Le vent souffle sous la montagne ».
J'ai aimé follement être ta compagne. Je ne sais pas si c'est la trouille à cause des bombardements incessants, ou si c'est mon côté prévoyant, dans mon ventre je le sens mon amour, il vaut mieux nous dire adieu, au cas où. Ici c'est un véritable enfer. Les vitrines, les fenêtres de l'hôtel côté rue viennent de s'effondrer à terre comme une cascade de cristaux de verre. Le volume du ballet d'aviation dans le ciel, du coup est monté d'un cran, je ne m'entends plus t'écrire. J'y reviendrai sûrement, comme on dit ici, si Dieu me prête vie, Inch'Allah. Reviens-moi mon amour, s'il te plaît, je t'attends, je t'aime.
Joséphine.

J'ai ouvert grand la fenêtre. J'ai mis une cafetière sur le feu. Je cherche dans le tiroir coincé de la table si je ne trouve pas une cigarette. Oui, les émotions fortes ça me fait ça. La lettre de Joséphine m'a ému, je peux même dire bouleversé. J'ai honte de moi, d'avoir pris au début Joséphine Buisson de haut, de ma fenêtre quoi, sous un angle minable et péjoratif. Je l'ai appelé la mémé, la momie-mamie, et un tas de sobriquets réducteurs qu'une femme de sa trempe ne mérite pas d'être affublée. Quel petit con j'ai fait. Joséphine Buisson c'est vraiment la grande classe. Je n'ai pas trouvé de cigarette, le café est encore trop chaud, alors je pense à Elsa, mais plus à sa bouche à sa langue, je pense maintenant à embrasser sa fleur. Elle est à température idéale, ça marche, ça me calme. D'ici demain, j'aurai fini le bouquin, je saurai bientôt pour Laurent. Ce n'est pas difficile de lui imaginer un destin comme celui du jeune Lucien, je le crains. Dans ce contexte d'apocalypse, un happy-end ne ferait pas réaliste. Je ne sais pas ce que Joséphine nous mijote, elle est peut-être capable de se faire mourir, la sotte, en littérature bien sûr. Allez savoir. Je voulais retourner écrire, mais finalement, je crois que je vais terminer ce livre d'abord. J'ai envie de découvrir comment elle a ficelé son dénouement. Quelle est la phrase magique autour de la papillote, sur le papier froissé et doré que l'on déplie au Noël de l'enfance. J'espère qu'elle ne va pas me faire pleurer, je suis déjà à deux doigts d'écrire une lettre à Elsa, ma reine du power-flower, lui dire tout mon amour, au cas où. On sait jamais, une marche encore humide de l'escalier parfumé, le bisou d'un autobus, les bisons dans la prairie comme des auto-tampons, ça tient à rien qu'on se lâche la main, il n'y a pas besoin d'aller chercher bien loin pour trouver un pire à sa hauteur. Je regarde les passants pressés, ils ont tous un urgent besoin de dire adieu à quelqu'un. Celui-là semble moins pressé, peut-être va-t-il voir un ami déjà mort. Un corbillard noir passe à vive allure, il semble confirmer la supposition. Le livre et la fenêtre se font un jeu de miroirs, ils communiquent en Morse, et moi je ne capte rien, qu'une impression fugitive, un kaléidoscope d'éclats de sons et lumières éphémères. Ils ont, par reflets interposés, visiblement beaucoup à se dire. Je suis le lien entre eux, je leur fais par ma lecture ce liant avec le vivant. Le livre a soif d'exhaler à nouveau ses parfums, ses émotions endormies dans sa silencieuse calligraphie. La fenêtre a faim elle aussi, d'un témoin qui lui prête vie. Je crois pouvoir dire que je suis généreux avec ça, je lui prête mon imagination depuis très longtemps, depuis toujours. On peut m'appeler *l'homme à sa fenêtre,* ce ne serait pas usurpé, niveau écriture, c'est même ma recette en cours. Avec les livres de Joséphine Buisson, ça me fait comme un appel d'air, attention au coup de grisou, à la poche de méthane dirait Monsieur Victor en soulevant sa canne, son caniche Roméo l'aurait sentie illico. C'est vêtu de cette appréhension d'eau dans le gaz, que je retourne à ma lecture, à Port-Saïd, dans une chambre de l'hôtel Continental, Joséphine écrit à nouveau à Laurent.

Mon amour, Je ne t'ai pas écrit hier, hier c'était l'enfer sur terre. Pas mal d'entre nous souffrent de claustrophobie. Anderson a voulu lui aussi sortir dans la rue, à deux pâtés de maisons d'ici il a été abattu. Où étais-tu hier ? Où es-tu aujourd'hui ? Ce n'est que le troisième jour de cette guerre, et déjà je deviens folle. Tu me manques, ta présence me fait défaut, j'ai peur. Pour toi, pour nous. Je n'ai plus l'assurance du premier jour. Seul semble rester intact, l'amour que je ressens encore. Mon esprit, je le vois bien dans mon cahier, on dirait qu'il se désagrège. Il n'y a plus de vitres aux fenêtres, je regarde le rideau de la chambre danser avec l'air et la lumière, je les garde tirés nuit et jour. Sur mon lit, allongée, je t'espère et je désespère. De te voir, de t'entendre, de te toucher, de t'aimer. Il est dans mes viscères cet amour qui refuse de mourir. Pas si tôt, c'est trop tôt, je les veux ces beaux jours d'après la guerre, ces journées de paix, celles dont on a tant parlé. Viens, reviens-moi, s'il te plaît. Viens me chercher mon cœur. Mirabelle en moi s'est tue, elle accepte l'inéluctable. Moi, je ne l'accepte pas. Dis-moi que tu vas bien, que tu me reviens. Je t'aime. Joséphine.

L'hôtel a cessé de trembler. Joséphine descend prendre son petit déjeuner dans la salle du grand restaurant. Malgré les circonstances et sa tenue militaire, elle a pris soin de se faire élégante, elle a noué un chignon sur sa tête, s'est passé sur les yeux un trait de crayon pour masquer l'inondation, celle des larmes de cette nuit. Comme dans son esprit, elle fait chaque pas dans un flou total, comme si elle n'était plus de ce monde, qu'elle n'était plus que le fantôme d'elle même. Cette nuit, elle a appelé son homme, elle a appelé Dieu, elle les a suppliés. Et puis soudain les combats ont cessé. Alors, comme tous dans l'hôtel, elle a guetté du fond de sa solitude et de son lit, le moindre son, le moindre bruit. C'est alors, dans le silence immense de la nuit, qu'elle a pleuré Laurent, longtemps. Elle s'est assoupie sur son cahier et ses lettres, les yeux rougis, des bulles au nez. Même dans le lointain, on n'entendait plus un seul aboiement de chien. Joséphine flotte entre les tables, elle finit par s'assoir sur un nuage. Elle beurre sa tartine délicatement, dose la quantité de confiture, ni trop, ni pas assez, c'est assez précis cette affaire. Dans son dos, elle entend couiner des Rangers sur le carrelage, ce sont les pas d'un homme lourd, un soldat, son parfum âpre le précède sur un courant d'air. Joséphine le reconnaît avant même de l'avoir vu, elle l'accueille sans se retourner :

– Colonel Bréant !

L'homme se tient droit solennel, inexpressif, silencieux, visiblement mal à l'aise. Il est planqué derrière ses rondes lunettes de soleil. Son silence semble un appel à l'aide.

– Asseyez-vous Colonel, je vous en prie.

Il s'assoit, et retire lentement ses lunettes, regarde Joséphine, ses lèvres tremblent, hésitent. Joséphine a compris, c'est pour Laurent qu'il vient, il en faut du courage à cet homme-là, pour se faire porteur de ce genre de nouvelle. Tout ce qu'elle trouve à faire, c'est beurrer sa tartine, émettre un tout petit demi-sourire, bref et douloureux, avant de soupirer :
– Décidément...
Le colonel Bréant n'a toujours pas dit un mot. Il plonge sa main dans l'intérieur de sa veste, en ressort une enveloppe kraft sur laquelle est écrit Laurent Lechléac. Il la pousse vers elle sur la table, lentement, sans la lâcher du regard. L'enveloppe aussi est traversée à son tour par un rai de soleil. Joséphine prend son temps pour déposer la paume de sa main dessus. Elle ferme les yeux, elle voit du feu, ça brûle. Elle les rouvre, Bréant est toujours là, il n'a toujours pas parlé.
– Vous voulez boire quelque chose Colonel ?
– Ce ne serait pas de refus, mais je repars. Les politiques nous lâchent. On l'a gagnée en trois jours cette putain de guerre, et voilà que maintenant ils tergiversent. Les Ricains veulent mettre tout le monde au pas de danse, on a gagné mais on laisse tout et on se retire. Ce sont eux qui dirigent l'orchestre, eux qui choisissent la musique. Quelle merde la politique ! À nouveau faut qu'on remballe le carnaval. Toi aussi, tu verras tu ne vas pas rester là. J'embarque dans deux jours pour l'Algérie. Si je te revois là-bas, je ne serais pas surpris.
– Laurent... Il s'est passé quoi ?
– Laurent, on l'a trouvé à l'aéroport, un comble pour un marin. Il était venu résoudre un problème

d'approvisionnement. Il s'est pris le déluge de feu sur la gueule. J'ai récupéré ses papiers, sa montre, il y a aussi une lettre pour toi.
L'homme s'est levé, il a posé sa main sur l'épaule de Joséphine, à nouveau il se tait, puis s'élance d'un pas décidé, il s'en va. Ses chaussures émettent des petits gémissements, le caoutchouc couine sous sa pesante foulée. Joséphine reste là, une main posée sur l'enveloppe, l'autre soulève son bol de café. Elle boit une gorgée, elle est digne, raide, presque froide, ce demi-sourire est presque cynique. C'est la douleur qui lui fait ça, elle rappelle Mirabelle en elle pour affronter l'adversité. C'est donc elle et pas lui qui a survécu à l'enfer de cette guerre éclair. Elle pensait cette nuit avoir pleuré toutes les larmes de son corps, apparemment elle se trompait, il lui en reste encore.

Je me suis accoudé à la fenêtre, je trouve que ça empeste le caoutchouc brûlé, ou alors les voisins ont oublié un poulet dans le four dans sa barquette plastique d'origine. Les passants passent, les bus et les voitures non, ils sont mis à l'arrêt par une manifestation. J'arrive à la fin du livre, il me reste deux ou trois pages à lire, j'ai la gorge nouée, Laurent est mort, ça n'a pas loupé. Joséphine prend son café du matin chagrin, à plat sur l'enveloppe elle a gardé sa main. C'est tout ce qu'il lui reste de l'homme qu'elle aime, avec les souvenirs qui s'appellent et se répondent. J'en suis ému au point de vouloir parler à Elsa ma beauté belle, je veux vivre avec elle. On ne va pas attendre que débarque un matin le pire, pour se dire qu'on aurait dû. Dans cette odeur de feu de bois, de grillades, de pneus enflammés sur une barricade, les passants manifestent, chantent, revendiquent en chœur un slogan. Mais déjà j'en vois qui se dispersent, ceux-là sont pressés d'aller faire une déclaration à l'élue de leur cœur. Ils ont raison de ne pas tarder, d'allonger leur foulée. Il faut dire aux gens qu'on aime, qu'on les aime. Il me reste deux ou trois pages à lire, Joséphine Buisson c'est sûr, va m'asséner le coup de grâce. Demain, j'irai remettre le livre à sa place, sous le regard de l'auteure, sous sa menace. Oui, parfois elle me fait un peu peur, elle m'impressionne. Depuis que j'ai lu ses livres j'éprouve aussi de l'admiration et si ce mélange détonne, il provoque chez moi un intérêt croissant, de l'empathie, voire une étrange fascination. En plus elle écrit très bien, ce qui ne gâche rien bien au contraire, elle sait vous plonger dans l'atmosphère. En bas dans la prairie, le troupeau de la manifestation se sépare, ils rentrent finalement chacun dans des bergeries individuelles. Des éléphanteaux nettoient à grande eau de leurs trompes les trottoirs qui se font les miroirs des vitrines. Je ne me sens pas très bien, je ne sais pas si c'est le bouquin, si c'est à cause de Laurent, ou si c'est finalement parce qu'il y a une histoire d'amour qu'on assassine. Je m'en coltine assez des «peut-être», je referme la fenêtre, je retourne au livre, j'attends de lui qu'il me délivre.

Joséphine marche dans la rue encombrée de gravats. À deux intersections de là l'attend une voiture, un chauffeur, et certainement un nouvel ordre de mission. En elle résonne encore le bruit des explosions, le vrombissement des avions.

Pourtant tout est calme, tout est lumière et poussière légère. Elle n'a plus à chercher en ville une lettre de Laurent, elle l'a dans sa veste, dans la poche intérieure. Elle a aussi sa montre, enfin ce qu'il en reste. Une maison éventrée démontre qu'il y a de la vie derrière ces murs, une femme frappe un tapis et fabrique des petits nuages. Un bébé pleure, il a faim, des enfants portent dans leurs bras des bouteilles d'eau. La vie reprend après le grand tremblement, le résultat d'un entêtement au plus haut niveau, celui des gouvernements. On parle de crise et pas de guerre, c'est une question de vocabulaire. Les Américains ont tapé du poing sur la table, les états ont remis leurs copies dans leurs cartables, la cloche a sonné, tout le monde rentre à la maison après avoir semé la destruction dans la cour de récréation. Joséphine, elle, vit une tragédie, pas n'importe laquelle, celle d'être immortelle. Viennent et s'en vont les amours de sa vie, seule leur survit Mirabelle. La lettre, elle la lira un jour, elle a tout le temps devant elle.

8
Voyage

Je fume une cigarette à la fenêtre. Eh oui, j'ai repris, depuis la campagne d'Égypte, celle de Joséphine. La fin de son livre m'a brisé le cœur, depuis je l'enfume pour le distraire. Je prends la pause d'un type décontracté, c'est du théâtre pour masquer mon anxiété. À voir les volutes qui sortent de ma bouche, on dirait que j'ai le feu aux tripes. Il ne faudrait pas non plus me coller sur le dos le brouillard dehors à couper au couteau. Les passants pressés s'effacent, des parties de leurs corps essuient des coups de gomme. C'est une sacrée mélasse dont ils cherchent expressément à s'extirper. Aujourd'hui ils ont cette excuse, mais vous pouvez me faire confiance, j'ai assez d'expérience dans l'observation de la transhumance des hommes, demain ils trouveront une autre excuse pour justifier leur empressement impérieux. Je me suis levé tôt, je n'ai même pas essayé d'écrire. *Port-Saïd* m'a mis un coup de bambou derrière la tête, plus encore que *Guangzhou* qui lui m'avait bien plu. Oui, on peut dire que ça m'a sapé le moral. Une histoire d'amour qui meurt c'est fatal. Moi ça me retourne comme une crêpe, et puis ça me noue l'estomac, un nœud marin qui tient bien. Je ne m'appelle pas Mirabelle, si j'avais dû encaisser tout ça, j'aurais volé en éclats. Et encore, ça aurait été des postillons bidon, une gerbe timide, mollassonne d'un puzzle anonyme. Personne ne serait venu pour réclamer les morceaux. Un balai et une pelle, circulez y'a rien à voir. Si je me jetais par la fenêtre, montre en main il faudrait moins de vingt minutes pour remettre le trottoir en état. Quelques poignées de sciure, un coup de jet, et voilà c'est nettoyé. L'empressement pourrait reprendre, il a un total monopole sur le territoire. Ce n'est pas que je souhaiterais rester là exposé des heures, c'est pour vous dire que la mort en occident, on ne la montre plus qu'à la télé. Dans la réalité on l'efface, on la cache, on la passe au balai-brosse, emballé c'est pesé, le rôti dans le sac, au frigo, au tombeau. C'est fini, terminé la veillée des morts où le patriarche repose dans la salle à manger au milieu des fleurs, et des invités qui bouffent aussi bien qu'aux baptêmes, qui font un grand «Aaaah» de soulagement parce qu'il reste encore en cuisine des choux à la crème. Oui, aux enterrements je m'en souviens, il se passait toujours un truc qui incitait à ce que la vie reprenne. Un souvenir qui fait rire, qu'on étouffe en se sentant tout de même un peu coupable, mais qui revient quand même, avec celui du voisin de table qui nous rappelle la blague du défunt qui était un type formidable. Les enfants qui rapidement ont besoin de dévorer l'instant présent. Leurs mères, occupées à suivre leur enthousiasme et à nourrir la tribu entière. Moi, je m'en fous, aujourd'hui je n'ai plus de famille. J'ai Elsa dans ma vie et je vais demander à Joséphine si elle veut bien m'adopter. À nous trois ça ferait une belle équipe, un triptyque familial, équilatéral. On ferait une pyramide de nos solitudes, nos coeurs ne tomberaient plus en désuétude, comme le jardin froid et noir du manoir. C'est un vaste programme que voilà. Il faut que je fasse attention, quelquefois je me fais des films, et le retour de manivelle me revient en pleine poire. La bobine ne déroule pas dans le bon sens, et c'est rapidement la panique en salle de projection. Ça ne sert alors à rien de pleurnicher qu'on n'était pas venu voir le film dans ce sens-là. J'allume une autre cigarette, allez c'est ma tournée incendiaire, ma petite participation au fog intégral. Je me fais locomotive d'un train chargé d'une affection phénoménale. J'ai envie d'aimer Elsa, envie d'aimer Joséphine comme une famille d'adoption, une qui se trouverait là pour ne pas que je me perde en chemin, dans les taillis de la grande prairie où le monde est cruel et sauvage. Ce serait ma façon à moi de me socialiser, de me fabriquer une cellule familiale, il n'est jamais trop tard, ça ne coûte rien d'essayer. Pardon, il faut que je vous laisse, Elsa mon soleil vient d'arriver, je descends la rejoindre. Ce matin, on prend le bus ensemble, jusqu'au manoir de Joséphine Buisson. Sur la porte de la bibliothèque, j'ai frappé trois coups secs. Chaque fois ça me fait penser à *Woody Woodpecker*, le pivert qui toque à la porte des troncs d'arbres. Joséphine a répondu :

– Ouiii !

Je suis entré dans la forêt de livres, il y en a jusque sur les plus hautes branches. À ma grande surprise, la bibliothèque est éclairée par la lumière du jour, une fenêtre est grande ouverte, les volets sont enfin repoussés. Joséphine n'est plus une momie blanche, elle a été déplâtrée. Elle n'est pas dans son lit, mais assise, élégante dans un fauteuil roulant, le chapeau à large bord ourlé d'un ruban rose repose sur sa tête. Elle respire l'air frais du parc, du petit jardin maudit.

— Bonjour Joséphine, je vous ai ramené votre livre.

— Bonjour Benjamin, oui, merci de le remettre à sa place, n'allez pas mettre en péril le fragile édifice. J'ai mis des années à faire entrer dans cette pièce un esprit d'équipe, pour que la littérature fasse corps. C'est mon bataillon personnel, il faut savoir tenir ses hommes. Sinon, c'est la débandade, ça part à vau-l'eau, à la moindre occasion les auteurs se boufferaient le foie ou se tireraient dans les pattes. Il y a des cohabitations impossibles on le sait. Alors, quelles nouvelles ramenez-vous de *Guangzhou* ? Quelles nouvelles de *Port-Saïd* ?

— *Guangzhou,* j'ai beaucoup aimé le voyage dans l'intestin du monde. Je me suis senti visqueux de cette matière immonde, la décomposition que produit la forêt humide. Vous avez même réussi à me donner la nausée. Oui, j'ai aimé le voyage, la forêt initiatique, cette maison sur la plage, j'ai beaucoup aimé les images sur la mer de Chine, plus noire que la nuit.

Joséphine accueille mon retour en silence, son visage s'est détendu, étiré semble-t-il par la surprise. C'est une succession de plis de peau, des lignes arrondies qui s'affaissent, des rides suspendues que je découvre en même temps que son doux visage pour la première fois. On dirait une empreinte digitale soumise à l'attraction, les nervures d'un arbre sous le pinceau d'un faussaire, l'artiste aurait en tête « les montres molles ». Il n'y a pas à dire, à qui sait observer, une belle femme ça traverse le temps. Son expression relève de l'émotion et de la bienveillance. Ses yeux brillent, il est bien loin le dragon du début. Elle ne dit rien, certainement elle se souvient, elle interrompt soudain sa pensée voyageuse :

– *Port-Saïd* ?

– *Port-Saïd,* ça m'a fait mal. Je l'ai terminé hier, je n'ai pas pu écrire derrière. Ce livre m'a filé un coup de blues, une histoire d'amour qui se meurt, moi…

– Quelle histoire d'amour qui se meurt ? Vous n'avez pas les yeux en face des trous ! Si c'était l'amour qui était mort ça aurait bien arrangé mes affaires. Mais c'est Laurent qui s'est en allé, pas l'amour. Laurent, je l'aimerai toujours. Le sien d'amour, je le relis de temps en temps voyez-vous, je m'en parfume encore.

– Pourquoi ne pas avoir inséré la lettre de Laurent dans le livre à la fin ?

– J'ai hésité. Les miennes, ça ne m'a pas dérangé plus que ça de les inviter sans pudeur dans le texte. Depuis *Guangzhou,* j'étais accoutumée à cette descente dans les tréfonds de mon humanité. Là, je montrais ma peur, ce n'est pas ce qu'il y a de plus beau à voir. Avec les courriers ça tempère, on fait celle qui assume mais je crevais de peur. On m'a dit un jour quel courage de vous livrer ainsi par écrit, j'ai pensé, ce n'est pas du courage, c'est de l'inconscience. La lettre de Laurent, c'est à moi qu'il l'adresse, à moi seule. Libre au lecteur d'imaginer ce qu'elle contient. Pour l'histoire de Port-Saïd, il me semble que ça n'a plus aucune importance. Pour mon existence, oui, ça a eu une sacrée importance, ça m'a aidé à tenir le coup, ces mots sur le papier attestent que cet amour a bien existé. Un silence s'invite, un ange passe, Joséphine se retourne :

– Et vous alors ? Qu'écrivez-vous ?
– J'ai pensé à un naïf qui regarde le monde à sa fenêtre. Il habille les passants de rôles éphémères, il leur enfile des costumes aléatoires. Il a sur les gens un a priori de physionomiste ou carrément arbitraire, tout cela relève du domaine de son imaginaire. Son humeur dépend de ses lectures, c'est le livre qui éclaire la fenêtre. Dans l'une et l'autre il a lui-même un rôle à jouer, le scénario change sous ses yeux chaque matin, c'est un voyageur immobile.
– Oui, excellent ! Maintenant que vous avez le bateau sur l'eau, y'a plus qu'à plonger en apnée, allez-y Benjamin ! Prenez une grande respiration, penchez-vous à cette fenêtre intérieure pour voir ce que vous avez dans le ventre, nom de Dieu ! Je ne sais pas pourquoi vous me semblez si apathique, vous êtes toujours mou comme ça ou c'est spécialement pour moi ?
La grille du manoir s'est plainte par deux fois, quand je suis reparti vexé, un nouveau livre sous le bras. Ça s'appelle *Bab El Oued*. Je me suis souvenu qu'un ami m'avait dit que c'était signe d'avancement, quand son thérapeute devenait soudain un personnage désagréable, dérangeant, voire antipathique. Joséphine Buisson se prenait pour mon psy de l'écrit, et moi pour son patient. Elle secouait mon prunier littéraire, alors que moi j'attendais patiemment à la fenêtre que tombe un fruit. Elle secouait le cocotier, me tombait chaque fois sur la tête une noix de coco. Sur la tempe m'embrassait Elsa, pour compenser. Je n'ai pas parlé d'adoption à Joséphine, j'avais plutôt à l'esprit l'histoire d'un gosse qui veut tuer sa mère.

Je suis susceptible, la mollesse, j'ai pris ça comme un coup de klaxon dans les oreilles, juste avant de me prendre dans la gueule l'avant du camion. Il me faut un petit délai pour me calmer, un certain nombre de cigarettes à la fenêtre. Je n'ai pas parlé à Elsa non plus, d'un mariage à Honolulu ou à Trifouillis les Oies. Je ne suis pas d'humeur finalement. Non, pas aujourd'hui, pas maintenant. Elsa m'a parlé d'une maison en Provence, une propriété que possède Joséphine. Elle propose que nous y séjournions ensemble cet été. Je n'avais pas remarqué que s'amorçait l'été, ou alors oui c'est vrai, je laisse plus souvent la fenêtre grande ouverte. Les passants dévoilent des parcelles d'épiderme, mais couvrent leurs yeux de lunettes sombres. Je suis terrorisé par l'idée de ce voyage, je n'ai jamais quitté ce quartier. Les vacances, c'est un concept que je n'ai pas eu la chance de croiser. Et puis, j'ai recommencé à écrire, ça m'a pris du temps de trouver une idée. Si je suis plus à la fenêtre, que deviendra mon personnage ? J'ai peur qu'il parte en fumée, comme une poignée de cendres à la volée. Elsa me dit qu'il y a de belles fenêtres à petits carreaux dans la maison de Provence. Je pourrais observer le chat, le chien, les oiseaux, les arbres et la météo. Elle est gentille, mais ça ne remplacera jamais le troupeau bruyant des passants. Elle me dit qu'à deux pas ; encore eux, qu'à deux pas se trouve une bergerie ainsi qu'un troupeau tintant et joyeux. Elsa a des arguments, quand ce n'est pas ses mots, c'est sa bouche, sa langue, ou son ventre. J'ai acheté une petite valise, j'ai la trouille de quitter ma chambre mais pourtant je me prépare à partir. J'y range soigneusement mes vêtements, ma brosse à dents, quelques cahiers, et par-dessus *Bab El Oued,* le livre de Joséphine Buisson. J'ai l'impression d'être un prisonnier qu'on libère, lâché comme un cosmonaute en dehors du vaisseau mère, loin dans l'atmosphère, héritier d'une liberté dont il ne sait que faire. C'est la première fois que je voyage, autrement qu'à la fenêtre ou dans un livre. Mon plus grand saut c'est celui d'une puce, deux stations de bus pour aller au manoir. À la vitre du bus, j'ai voyagé aussi, mais c'était sur Elsa que je faisais le point, la mire, sur la mèche de cheveux qu'elle replace derrière l'oreille avec son doigt. Je n'avais jamais fait le lien entre intestins et départ au lointain. Voilà, aujourd'hui c'est fait. C'est un petit aperçu de la trouille qu'ont dû ressentir les gens de l'hôtel Continental à Port-Saïd. Ça m'a marqué cette histoire. Je referme les persiennes, mes portes-écritoires, la fenêtre, mon épanche miroir, la valise où clignote le livre comme une balise, et enfin la porte de la chambre. Je prends soin en descendant l'escalier humide et parfumé comme une forêt de Chine, de ne pas glisser, de ne pas tout foutre en l'air. Je n'ai pas du tout envie de finir plâtré moi aussi, coincé entre quatre murs d'une bibliothèque, dans une propriété de Provence, assaillie par le gazouillis des cigales. Par la vitre du train défilent des terres labourées, des champs verts de fourrage, des images de vaches qui mâchent, voyagent, et démontrent la théorie de la relativité. Cela va même au-delà lorsque Joséphine remonte le temps dans une conversation, une bulle de communication s'est formée dans le compartiment qui se déplace. Bercée par le voyage, Joséphine s'endort en mer de Chine, Elsa sourit ou m'embrasse, elle est pleine de petites attentions. Elle lit un magazine et moi j'entrouvre le livre *Bab El Oued*.

La brume se lève parce que la mer réchauffe. À ce jeu-là, elle est plus rapide que la terre. De l'écume de mer s'élèvent des torsades de dentelle, des torches d'ouate qui se rassemblent comme des blancs d'œufs montés en neige, aspirés par un ciel bas rassembleur. Joséphine est en mer à bord d'un cargo civil, ses supérieurs lui lâchent un peu de lest, depuis qu'elle a laissé son sourire et son rire dans le tiroir de la table de nuit d'une chambre d'hôtel de Port-Saïd. Sur son ordre de mission ; le Colonel Bréant le lui avait dit, c'est bien « Alger » qui est écrit. Encore une fois, elle ne sait pas où elle va, mais elle y va, comme on se laisse dériver à la surface des événements. La Méditerranée a elle aussi des velléités d'indépendance, elles augmentent au fur et à mesure que le pouvoir de la France et de l'Angleterre diminue. C'est ce que répète le capitaine anglais, il dit que ces nations sont rentrées à la maison la queue entre les jambes, tellement l'oncle Sam a dû aboyer fort. L'image exotique du colon, ça n'a plus la cote. Joséphine a lu un article d'Albert Camus qui l'a beaucoup émue. Le statut des Algériens, cette citoyenneté à deux vitesses, on y revient, cette arrogance tout administrative de l'ère Vichy, administrée au pied de la lettre. Elle imagine aisément celui qui annonce l'expropriation, levant les bras au ciel en disant que ce n'est pas lui qui fait les lois. Elle était encore en mer, mais elle imaginait déjà les dîners d'amitié franco-algérienne, avec ces relents de haine, ces décorations, et le cumul successif des frustrations du terrain. La claque de la Seconde Guerre mondiale, la gifle d'Indochine, le camouflet de leur victoire à Suez. Le tout faisait monter une mauvaise mayonnaise. Peter le capitaine voit ça d'un mauvais œil, mais il a de l'humour, il rajoute qu'il cherche encore un endroit pour poser le bon, en pointant son doigt sur sa paupière close. Joséphine a ressenti en elle la petite étincelle d'humour, mais la mèche n'a pas pris, pour rejoindre son visage absent, pour y faire exploser un sourire. Elle reste sur le pont à l'avant du navire, elle respire la mer, appréhende les ondes futures que le cargo va fendre de sa dent de devant. Écrire, elle n'y arrive plus, elle n'y arrive pas, parce qu'elle refuse de décrire sa déchirure.

Le train s'est arrêté en gare, juste une escale, dommage, je retrouvais mes passants pressés avec des gros sacs sur le dos ou tirant des valises bruyantes à roulettes. Mais on est déjà repartis, à nouveau les prairies sont vides, pour moi ce n'est pas rassurant. Il n'y a plus personne dont je pourrais imaginer la vie en passant. À peine une ferme au loin cachée qui nous observe derrière les arbres, le bruit du train a dû l'effrayer, elle s'est enfuie à notre passage. Les paysages nous regardent partir comme dans un livre d'images, Elsa, Joséphine et moi, derrière la vitre, et la campagne en miroir à qui on donne le tournis. C'était donc ça être en voyage, entrer dans un livre où des peupliers tournent les pages, les forêts des chapitres, où le nez collé à la vitre, des pays lisent vos états d'âme. À traverser ainsi à vive allure, des coteaux de vignes, j'en déduis que les gens d'ici, toujours invisibles, aiment bien boire du vin. Leurs voisins du département précédent, préféraient bouffer du maïs, d'autres encore préfèrent parfumer de lavande leurs armoires. Je sais, il ne faut pas tirer de conclusions trop hâtives, c'est une question de terroir. La province, la campagne, la Provence, je ne connais pas du tout. Je découvre, j'essaie de m'en faire une toute première idée. Ce que je constate, c'est que notre train en passant fait très forte impression. Aucun village ne reste en place en notre présence, on dirait que notre convoi leur inspire l'exil et l'exode. Ils semblent avoir peur des serpents dans notre genre. Les clochers emportent les pincées de maisons, comme des mâtures sur l'horizon. Les seuls avec qui on a pu lier amitié, ce sont des oiseaux migrateurs en formation, ils fendent l'air d'un grand V, sûrement en hommage à la reine Victoria. Ils nous suivent depuis un bon moment déjà, moi ma reine du soleil c'est Elsa. Elle tourne les pages d'un magazine, toujours avec élégance. Joséphine dort dans sa maison de Chine, ses lèvres tremblent et frissonnent, c'est le ressac du sommeil. Moi, je retourne au livre, car il n'y a plus personne à suivre dehors.

Le cargo brame et s'annonce dans la brume. Des détritus dans l'eau, une abeille sur la rampe du bastingage, ce sont les réponses de la terre à sa vocalise étrange. Il est tout proche le rivage, au loin résonne et lui répond l'appel à la prière. Dans le brouillard apparaissent une barque de pêcheur puis une autre, les hommes sortent en mer remonter les filets. Debout, la barre entre les jambes, ils saluent en levant le bras, arborent un large sourire, dodelinent sur les flots avant de disparaître dans la nébulosité. Joséphine voit alors surgir une majesté, Alger la blanche. De son épée, le soleil achève le nuage et l'aurore pâle, tous deux s'évaporent, son rayon traverse et perce à jour la ville éclatante. Elle lui offre, lui imprime, une première image frappante dans une explosion de lumière. En entrant dans le port remontent les odeurs, la cité respire et s'éveille. Comme un baiser au réveil, lentement, tendrement, le cargo embrasse le quai. Au sommet de la ville trône une basilique, Peter le capitaine indique à Joséphine qu'il s'agit de Notre-Dame-d'Afrique. Sa foi on peut le dire, a été soumise à de rudes épreuves, elle montera là-haut tout de même mettre un cierge pour Laurent, pour Lucien, pour ses parents, son frère, pour Haimeï et Jian. Une pensée de lumière qui danse, fragile, éphémère, pour ne pas qu'elle se sente complètement seule, ou folle. La passerelle descend lentement sur le quai, maintenant le navire offre un baiser avec la langue. Sous les arcades reposent à l'ombre, des wagons de marchandises, leurs portes s'ouvrent et soudain débordent la sépia, le raphia ou l'osier. Une femme âgée assise sur un tabouret tresse des chapeaux, elle annonce aux voyageurs qu'ici le soleil est très chaud. Joséphine en a choisi un à large bord, à peine a-t-elle quitté le bord du navire, à peine a-t-elle mis pied à terre. Elle est élégante en tenue civile, elle n'a aucun mal à trouver un taxi, il l'emmène vers un hôtel du centre-ville. Elle regarde par la vitre ouverte, ces rues inconnues et pourtant familières, se laisse fouetter le visage par l'air chaud et les parfums du marché. Là-bas se disputent, s'invectivent des femmes, des gestes amples de tissu, des signes textiles de nervosité, éphémères et esthétiques. C'est un peu une danse d'étoffes, une prise de bec inutile, qui souligne chez l'humain un trop-plein. Chez celles-là, ça commence dès le matin. Le taxi la dépose sur la place du Gouvernement, en claquant la portière s'envolent des tourterelles, des colombes, des pigeons. Elle entre dans l'hôtel El Djazaïr, comme on pousse la porte d'une nouvelle vie, elle se demande s'il reste encore en elle quelque chose que le destin puisse lui prendre ou détruire. Joséphine n'a plus goût à grand-chose, elle a juste envie de dormir. Elle a croisé les persiennes, actionné le ventilateur, elle s'endort tandis que dehors, des enfants crient. Des fillettes jouent à la marelle, l'escalier dessiné à la craie sur le sol, celui qui mène jusqu'au ciel.

Joséphine s'est réveillée, avant même d'avoir ouvert les yeux elle avait déjà commencé à râler, à se débattre. Elsa, son ange gardien l'a calmée d'une voix douce en imposant la main sur son bras. Joséphine a dû traverser un cauchemar, avec tous les souvenirs qu'elle a en réserve si je puis dire, elle a de quoi varier les plaisirs. Nous partageons tous les trois un Thermos de café, pendant que des usines tristes et abandonnées détalent à notre passage. Je me demande si ce n'est pas le bon moment pour parler à Joséphine Buisson d'adoption, à Elsa Morena de mariage. En partant en voyage avec elles, elles m'ont fait couper le cordon, celui qui me relie à la grande famille des passants pressés. Je m'accroche au bouquin comme à un radeau de fortune, mais je n'en mène pas large, j'ai envie qu'elles viennent me récupérer au large. Dehors tout file en souriant, en vous disant trop tard, tu n'es plus là où tu étais. Même à cet instant, tu n'es déjà plus là, et tu n'es pas non plus où tu seras bientôt. C'est le genre de pensée qui me donne le vertige. Heureusement Elsa a pensé au café, avec le sourire elle a pensé aussi au demi-sucre. Je tourne la cuillère, pleinement conscient de créer un vortex liquide, qui se déplace dans un train à très grande vitesse. Tout à coup m'apparaît comme une évidence, je voyage en compagnie des femmes de ma vie. L'une me sourit, m'embrasse avec sa douce langue, l'autre envoie sa main piocher dans mes intestins pour faire entendre en surface, ma voix d'écriture, frétillante de bactéries, de bulles d'air et de vie. Dans mon ventre s'agite comme un grelot sous l'eau, une histoire de plomberie du voyageur. C'est une coïncidence, la rencontre d'un reflux gastrique et d'une déclaration, mais je me lance, et par un rot ma phrase commence.

— Rôôô... Elsa, veux-tu m'épouser ?

Ma reine du soleil a éclaté de rire, même Joséphine ô miracle a fait travailler ses abdominaux d'un rire gras souffreteux. Apparemment j'ai cassé l'ambiance quand la voix nouée j'ai rajouté :

— Joséphine, voulez-vous m'adopter ?

— Non, mais non... Quel con ! Ce genre de trucs ça demande réflexion, laissez-moi, je suis fatiguée, revenez demain !

Elle s'est retournée sur son siège, a refermé ses

yeux. Je fais mine de reprendre ma lecture mais dans mon champ de vision je vois bien que le dragon ne dort pas, il sommeille. Joséphine m'observe d'un œil entrouvert, il y brille une émotion qu'elle cherche à masquer. Un petit con vient de frapper à la porte de son cœur. Dans le livre d'images, on est à la page du compartiment du bonheur, exhibé aux regards des pâturages qui voyagent. Dans le livre *Bab El Oued,* Joséphine vient d'arriver à Alger, complètement sonnée. J'y retourne en conscience d'être observé par deux femmes. Elles doivent me prendre pour un fou, ce doit-être cette folie en moi qui leur plaît, ou alors j'y comprends plus rien du tout. N'empêche, j'en souris, comme Elsa, comme Joséphine du coin des lèvres qu'elle cache de son petit poing, comme une enfant, ça sent l'amour à plein nez dans le compartiment. Le train avale les rails et le temps, il a que ça à se mettre sous la dent, pas un seul passant, les rares que j'ai croisés étaient trop rapides pour que je puisse m'exprimer, alors, rassuré, savourant ces sourires partagés, je reprends ma lecture.

8
La Provence

Au pied des arcades et des colonnes danse une grande lumière. Ce sont des cierges, des bougies, des candélabres, des centaines de petites lueurs qui se sont rassemblées pour former un ensemble, c'est l'idée. Une fois réveillée Joséphine a avalé un café, sauté dans un tramway pour grimper tout là-haut, jusqu'à la basilique de Notre-Dame d'Afrique. Elle s'est assise sur un banc de bois, il a légèrement craqué, le son s'est réverbéré pour lui souhaiter la bienvenue. Elle n'est pas venue prier, elle ne sait même plus comment on fait. Et puis Dieu... Elle l'avait supplié comme une louve en pleurs, une nuit à Port-Saïd, il avait répondu : « Trop tard ». Cet homme-là était très à cheval sur l'horaire. Non, elle est là pour penser, pour se reposer, à l'intérieur il fait frais, dehors la chaleur est étouffante. Elle envoie des pensées douces aux défunts, si elle osait, elle demanderait à la Vierge Marie, une pincée de paix dans sa vie, un interlude paisible. Elle a bien conscience de par son expérience, que dans la maison du bonheur on n'est que des locataires provisoires. Un calme transitoire, une accalmie de l'Histoire lui feraient le plus grand bien. Il lui faut encore un peu de temps pour que s'éteigne en elle le son des déflagrations et la voix de Laurent qui l'appelle de son bûcher. Cette image-là, elle aimerait s'en libérer. Alors puisqu'elle est là aujourd'hui, dans l'antre des spécialistes, ce ne serait pas de refus finalement un coup de main de là-haut, ou au moins qu'on lui donne le début d'une piste pour soulager ses nuits de ces rêves brûlants, de ce feu qui ne purifie rien du tout. Joséphine observe sur une colonne, la vasque d'un bénitier. Une femme s'approche, trempe son doigt dans l'eau et se signe, avant de s'éloigner. Joséphine hésite, ça lui rappelle l'enfance, l'église de St Luçon. Elle avait appris ce geste, ce signe de la croix, très vite était arrivée la guerre, ça rendait la religion secondaire. Il fallait survivre pour pouvoir encore croire en quelque chose. Elle avait aimé ces poèmes d'inspiration bouddhiste que lui récitait Haimeï. Ils lui parlaient plus que la Bible ou le Coran. Le traducteur quand même, de son avis de profane, ça doit compter beaucoup. À la banque du ciel Joséphine a donné tout ce qu'elle avait, il ne reste plus qu'elle. L'existence lui a imposé un tapis, un banco, un retrait important. Elle regarde les saints autour d'elle, y en aurait-il un qui s'intéresserait à son cas ? Sa pensée est taquine on y sent un soupçon de dédain, l'amusement d'une enfant qui lance un défi au divin. Sa pensée s'adoucit, elle se calme, elle veut bien tremper son doigt dans l'eau bénite pour que ses cauchemars cessent. Elle fera brûler un cierge et un encens. Joséphine plonge son index dans l'eau claire, se signe, s'incline, comme si c'était hier. Elle ressort de la basilique en pleine lumière, déjà elle se sent plus légère. Elle est venue demander au ciel s'il ne restait pas dans ses tiroirs un peu d'espoir. De ces graines à faire germer dans l'existence, des oasis où venir boire. Le ciel est d'un bleu magnifique, un passant accepte de la prendre en photo, elle pose tout sourire, devant la basilique.

Je détache les yeux de la photographie dans ce sous-verre au mur. Joséphine Buisson possède une jolie dentition. Je regarde par la fenêtre de la cuisine, je vois un mur de pierres, des géraniums tombants rouges et blancs, et si je me baisse, je vois un petit bout de ciel bleu. On est arrivés en Provence, on est entrés dans la maison où les meubles étaient recouverts de draps blancs. J'ai eu peur que ça me rappelle l'ambiance du petit bois maudit, à l'intérieur ça aurait été encore pire. Mais non, ça va beaucoup mieux de ce côté-là. Mais la fin du voyage en train a été très brutale. Le train a dû avoir un problème, il a grincé, ralenti, et s'est immobilisé en gare. Il est resté paralysé. Je vois pas bien où il aurait pu aller sinon, la voie s'arrêtait là, elle n'allait pas plus loin. Encore des ouvriers qui avaient dû lâcher leur turbin pour aller boire des coups au café du coin. J'ai pu respirer plein poumons des bouffées de passants, sur le quai j'en ai profité, je savais qu'après j'aurais la nostalgie, ça allait me manquer ce bouillon de pattes folles et désorientées, qui veulent se faire croire qu'elles sont reliées à une destination fantoche et aléatoire. Y'en a même, pour vous dire, qui font des sorties de route. D'autres passants voyageurs sont arrêtés, hébétés, prostrés sur leur valise. Ils se vengent du temps qui n'est pas à l'heure, en mordant à pleines dents dans leur casse-croûte. On a dû prendre un taxi pour arriver jusqu'ici. Elsa a soulevé les draps blancs, au début ça m'a fait très peur, après j'ai trouvé ça gracieux, élégant. Elle me dit que je ne regarde pas par la bonne fenêtre, c'est vrai, je suis déboussolé, ici il y en a des tas d'autres. J'en choisis une au hasard et m'attable au salon. Le taxi s'éloigne, en moi monte un désespoir, comme si le chauffeur était le dernier humain passant que j'allais voir. Comme si la Nasa m'avait déposé là sur Mars en Provence, et qu'elle viendrait me récupérer un jour pas encore défini, parce qu'il y a plein de calculs à faire et que c'est compliqué, les trajectoires, les conjonctures et tout le bla-bla qu'on devrait avoir honte de raconter à un gosse. Les enfants ne sont pas dupes, ils reniflent les discours langue de pute. Heureusement Elsa m'embrasse d'abord sur la tempe, ensuite sur la bouche, et puis m'embrasse avec la langue. Je me calme, je commençais à monter en pression, j'avais l'impression une seconde d'être entré en prison dans la propriété de Joséphine Buisson. Je ne sais pas si je peux survivre sans regarder le troupeau des humains. Joséphine pointe du doigt sur le carreau, une bergerie au loin. Ce qui est bien ici il faut reconnaître, c'est qu'on peut traverser la fenêtre sans se fracasser en bas, on arrive directement sur la terrasse où semble-t-il j'ai trouvé ma place à côté d'une jarre de fleurs bleues si jolies. Quel dommage, elles sont mal parties dans la vie avec ce nom en latin tout à fait imprononçable. Je m'assois à la table, me présente au jardin qui lui, a besoin d'un peu de temps pour m'accorder sa confiance. Les espèces discutent entre elles, débattent sur le choix du langage. Les cigales d'abord, puis certains oiseaux n'attendent pas la fin de la réunion pour piailler à tout va que le nouveau est tranquille, qu'il n'y a pas de danger. Je ne suis pas venu là pour déranger, je suis juste venu observer, lire, écrire. Aimer Elsa aussi bien sûr, mais ça, ça ne vous regarde pas. N'attendez rien de moi sur ce sujet là, j'en ai déjà trop dit en vous parlant de sa pivoine que je butine avec bonheur. D'ailleurs d'en parler, je me demande où elle promène son parfum, celui qui me donne envie d'elle. Joséphine a pris possession de sa chambre au rez-de-chaussée, elle tire des bords en fauteuil roulant jusqu'à l'autre bout du salon, elle va et vient comme un bourdon. Elsa, elle aussi prend possession de la maison, déjà un fumet s'échappe de la cuisine, ça présage un festin, ça me remet d'humeur joyeuse, c'est tant mieux, on dirait que mon humeur n'aime pas trop les voyages. Les fenêtres s'empilent dans ma tête comme un mille-feuille, la chambre, le bus, le train, le taxi, la fenêtre de la cuisine, avec les géraniums qui pendent sur le mur de pierres sèches, avec par terre les gamelles du chat et du chien. Pour les passants, faut aller chercher loin dans ma mémoire. Le chat blanc, je l'ai vu passer au fond du jardin, il n'est pas ravi que je sois là. Le chien, je l'ai entendu aboyer de loin et de tout son être, qu'il n'était pas là où il voulait être. Il était attaché chez le voisin, il vient de le libérer, il fonce comme un demeuré, oreilles couchées, langue dehors, il bondit sur le fauteuil de Joséphine pour lui laper fébrilement le visage. Elle rit comme un moteur diesel, c'est un bonheur qu'Elsa et moi on partage. Ne me demandez pas pourquoi elle a eu l'idée saugrenue, d'appeler son chien Lulu. Pour le chat, je ne sais pas, il ne s'approche pas, je l'appelle Pssst ! Pssst ! Mais ça ne doit pas être ça son nom. Il file derrière la maison rejoindre Lulu et sa gamelle, j'essaierai d'autres noms, j'ai le temps, un jour je tomberai sur le bon. Allez, maintenant que je me détends, j'ai trouvé ma place, un endroit où poser son homme dans un coin de la terrasse, près d'une jarre de Ageratum Houstonianum, qu'on me laisse un peu tranquille, je veux reprendre le cours du livre, je veux retourner en Algérie.

Joséphine a repris le tramway, elle aime regarder par la vitre Bab El Oued, la casbah en bas, le port et la mer. Elle trouve le quartier de St Eugène très joli, les maisons généreusement fleuries. Sur le siège à côté d'elle, s'est assise Claudette, une jeune femme solaire dont le visage n'inspire aucune barrière. Elles se sont parlé tout de suite, comme si elles poursuivaient une conversation. Joséphine a ressenti comme un frisson, celui de la conscience instantanée d'une rencontre. Justement, Claudette connaît une maison à louer, si elle veut elle peut l'emmener c'est à trois arrêts de là, elles poursuivront à pied, «ce n'est pas très loin, et ça sent bon le jasmin». Quand elle le dit tout sourire, Joséphine soupire, ces mots-là parfument et éclairent sa matinée. Il s'agit d'une grande maison où vit seul un peintre. Un artiste illustre avant-guerre, un orientaliste reconnu en son temps, et, semble-t-il, aujourd'hui personne ne le reconnaît plus. Claudette habite la maison d'à côté, elle vient faire son ménage, c'est un gentil monsieur dit-elle en poussant la grille du jardin ou déborde un jasmin. Joséphine pense à son passage à la Basilique, à son pèlerinage, la réponse du ciel ne s'est pas fait attendre. Elle respire à nouveau autre chose que l'amer, elle inspire des parfums, elle

respire les sourires de Claudette, toute aussi surprise et joyeuse qu'elle de cette rencontre.
Dans l'allée Joséphine aperçoit devant l'entrée de la maison où pend une glycine, un homme assis sur un tabouret haut, devant un chevalet. Elle s'arrête ébahie devant l'image, elle entre dans une toile impressionniste. Il porte une longue blouse grise d'instituteur, et un grand chapeau de paille. Le pinceau à la main, c'est un peintre qui peint ce qu'il voit. Ici règne une paix dont Joséphine a bien besoin, c'est un sacré coup de pouce du destin, pour ne pas nommer celui qui là-haut lui a mis Claudette sur son chemin, Dieu, Laurent ou Lucien, Haimeï mettant sur sa route une amie, pour lui redonner un peu goût à la vie.

Je suis accoudé à la rambarde de la terrasse, je fume une cigarette, j'arrêterai quand je n'aurai plus d'anxiété à regarder le vide humain, à regarder le végétal coloniser la prairie devant les fenêtres. J'en ai essayé plusieurs, c'est du pareil au même. Il n'y a pas d'autres passants que le vent et les nuages, des oiseaux de passage dont certains, oui, c'est vrai, sont très pressés. Ça m'incite à me calmer, peut-être à être plus attentif dans mes observations. Imaginer les intentions du vent, je ne sais pas si vous voyez le tableau, il y a du boulot, il faut s'appeler *St John Perse* ou *Tabarly,* sinon je vous dis pas les courants d'air dans le cerveau, vous en perdriez l'esprit. Ça me fait plaisir de lire que Joséphine souffle un peu. La vie lui a mis la dose, elle a perdu tous ceux qu'elle aime et elle est toujours debout.

Joséphine est d'accord pour louer le premier étage, ils auront la cuisine en partage, il la remercie, c'est appuyé, il lui dit que ça le soulage. Elle comprend alors sa difficulté, et préfère lui payer d'avance les loyers. Dans la cuisine avec Claudette, ils prennent tous les trois le café. La jeune femme veille au grain pour que l'enthousiasme soit maître du terrain. Elle rit entre les phrases, elle ne laisse aucune chance au chagrin. La jeune femme connaît l'homme, il a perdu sa femme, il se laisserait facilement glisser, dériver sur la mer de la mélancolie. Elle le questionne, l'oriente pour qu'il raconte les fêtes qu'il organisait au jardin. Il y a à table grâce à Claudette, une ambiance respectueuse et légère, et trois générations. Deux d'entre elles ont déjà goûté à la désillusion, ils n'oseraient pas contrarier un si beau sourire, et cet éclat de rire. Roméo Aglietti a les yeux brillants comme un enfant, il se prépare à raconter les fêtes et le faste d'antan.

Je suis interrompu dans ma lecture, c'est pour la bonne cause, la table regorge de nourriture. Joséphine a sonné le rassemblement au clairon, elle a marqué de son fauteuil roulant un dérapage contrôlé dans le salon, pour se positionner précisément à sa place en pôle position sur la grille de départ. Elsa nous rejoint enfin, elle sourit toujours, elle pointe son pouce sur son front et sa bouche, un geste bref et personnel, une sorte de bénédicité dont elle ne souhaite pas parler, ça la regarde dit-elle tout sourire en nous souhaitant un bon appétit. Joséphine, le nez dans sa gamelle marmonne la bouche pleine, un truc inaudible sur les bondieuseries. C'est mon premier vrai repas de

famille depuis la nuit des temps, j'ai envie d'en parler, sans faire un discours pour autant. Dire un truc bien senti, mais je n'ai pas trop les mots, à l'oral ce ne sont pas les mêmes qu'à l'écrit. Ils bouchonnent dans la gorge, restent coincés, vous font tousser. J'ai même roté le jour où dans le train j'ai demandé Elsa en mariage. Au fait, elle a dit non. Elle préfère que l'on fasse un mariage secret, anonyme, avec Joséphine comme témoin. Le reste c'est de la poudre de perlimpinpin, de la tracasserie administrative, elle préfère l'union libre, ça se tient. Tout de même, elle serait ravie que l'on célèbre tous les trois cette union, on pourrait même inviter des voisins. Dans ma tête ça a fait tilt, j'ai tout de suite pensé aux passants mais j'ai déchanté, les voisins sont pas des passants comme les autres. Les passants, on ne sait rien de leur vie, alors que les voisins ils vous la racontent même si on n'en a pas envie. Ils vous gâchent carrément l'imaginaire. On peut plus leur coller sur le dos une vie qu'ils n'ont pas. Il y en a déjà assez qui s'en inventent une, en bombant du torse comme un morse en rut. D'autres en se maquillant outrageusement comme des putes. Quand j'utilise ce type de vocabulaire, c'est que monte en moi la colère. C'est étrange, cet effet que me fait la campagne, le végétal ça m'inspire, ça me file une haine viscérale du voisin. Du coup, je suis plus du tout insistant sur la date de l'événement, on est déjà liés par les sentiments, c'est une vraie connerie cette idée de mariage.
— Toutes les deux, vous êtes ma famille.
Elsa s'illumine, elle incline la tête, le regard attendri par ma phrase. Joséphine, bouche pleine, postillonne :
— Ta goune ! Tu veux toucher l'héritage ? Oh ! Le

petit salopard ! Ta goune ! Je suis fatiguée, revenez demain ! Sagouin ! Fosse à purin !
Oui, ça arrive parfois, Joséphine Buisson déraille, Elsa lui donne ses médicaments, après elle se calme, elle a l'œil qui brille comme Lulu après les caresses. On prend le café en famille sur la terrasse, manque le chat ce coincé du cul qui ne vient toujours pas. Politiquement parlant j'ai viré de bord. Avant je regardais l'intérêt de la communauté grouillante, maintenant j'ai une famille à défendre bec et ongles, avant de penser au pays. De toute façon personne ne circule dans les herbes folles, ils ont fui la carrière agricole, on peut les comprendre, vu comment l'économie dégringole. D'après Joséphine, ici, un jour on verra des Chinois, débarquer dans les hautes herbes, ils nous apprendront la cuisine, le travail et la discipline. Elle répète que l'invasion viendra de Chine. En prononçant le mot Chine, ça fait tchin dans sa tête, ça l'hypnotise, elle s'endort d'un coup dans son fauteuil, comme dans le hamac à Guangzhou. Sur la grosse branche du tilleul, j'ai vu passer un écureuil, ce n'est pas compliqué d'imaginer qu'il va faire son marché dans le noisetier d'à côté. C'est toujours l'estomac qui amorce le commerce, même dans les petits bois miteux. Je me sens toujours un peu patraque à ne pas avoir un passant à mettre dans mon sac. Demain le médecin viendra visiter Joséphine, j'en profiterai pour lui demander comment on soigne le mal d'humains, le mal de leur absence, le grand vide. Ça me trifouille l'estomac et d'après Elsa je suis pâle et livide. J'ai bien essayé d'écrire dans mon cahier rouge, mais mon personnage est figé à la fenêtre, la prairie et les

passants semblent arrêtés, rien ne bouge, comme sur une photographie. Heureusement, il y a les baisers d'Elsa, et ce bouquin que je ne lâche pas des mains.

Le soleil se fraie un chemin derrière les palmiers dattiers. Il a fini sa tournée journalière, il éclaire encore pour dire, attention là c'est rouge, là c'est or et c'est rose, mais bientôt il fera noir. Une étoile n'attend pas que le rideau soit tiré pour apparaître. Les autres étoiles ont vu que c'était possible, alors elles naissent elles aussi. Le soleil a compris, il cède la place et passe son tour, il est parti de lui-même quelques heures faire un tour. Une respiration de fraîcheur recouvre le jardin, des bouffées de jasmin et de menthe jouent des coudes au comptoir des parfums. Joséphine dans une chaise longue savoure un verre de sirop d'orgeat. Roméo, le propriétaire, essaye de saisir ces effluves du bout du pinceau. Il a éclairé le porche, et donné du contraste, du lustre à la glycine. Il lui a raconté les fêtes, à elle et à Claudette la jeune voisine. Les toilettes des femmes, les robes, le champagne, et le gratin d'Alger. Des commandants de la marine, de l'aviation, un préfet, une actrice de cinéma, même une chanteuse d'opérette. Tous avaient tombé la veste ou le châle, pour danser au son du microsillon. C'était une époque insouciante, où l'on se souciait peu de ce que le peuple trouvait dans son plat dans les ruelles de la Casbah. Joséphine y a pointé son nez, elle a alors compris, comme pour Haimeï, le fossé avec les Européens. Italiens, Espagnols, Français, étaient venus au siècle d'avant, profiter de l'aubaine, on offrait de la terre

algérienne à qui voulait donner de sa sueur. Claudette, elle-même était fille et petite fille de migrants espagnols. Tous parlaient français avec un accent prononcé et chantant, elle se disait Pied Noir, Algéroise et non pas Algérienne. Cette nuance, c'était la ligne de démarcation avec les autochtones. Joséphine n'en parle pas, mais par expérience elle sait qu'il est des amitiés tronquées qui ne portent pas bonheur. Ici la France avait opéré aussi une colonisation de peuplement, insérant plus de trois millions d'Européens. Pour appeler un chat, un chat, Roméo sent qu'une mauvaise limonade se prépare, c'est la conséquence de ce que personne ne veut nommer d'Apartheid. Il chuchote inquiet :
— Vous verrez Joséphine, un jour ils vont nous foutre dehors.
Elle sirote son verre par petites gorgées, elle adore ce goût d'amande. Ici sur les hauteurs d'Alger, elle se reconstitue, se rassemble, retrouve qui elle est. Elle écoute les traits du pinceau sur la toile, ça lui donne envie d'écrire. Elle ne fait plus de cauchemars, finalement l'eau bénite a des vertus insoupçonnées. La Basilique est à deux pas en cas de besoin, pour une étape fraîcheur et espoir, garantie libératoire. Elle s'amuse d'elle même, refuse de peindre tout en noir, même si, la tournure des événements est à désespérer. Joséphine a vu le Colonel Bréant, il est formel, les paras sont en route, s'amorce la bataille d'Alger, entre l'armée française et le F.L.N. Il souhaiterait qu'elle aille dans les Aurès comme une panthère, identifier l'organigramme de L'ALN, un autre mouvement et pas des moindres, ils se battent comme des lions,

des révoltés qui résistent depuis des siècles. Elle a accepté la mission, pourtant elle se sentait si bien dans cette maison. Elle va y laisser ses affaires, elle reviendra quand elle aura terminé, elle n'a pas l'intention de s'éterniser là-bas. Une gorge tranchée à la tête de l'organigramme, et voilà, elle revient, et on n'en parle plus. Roméo retire son chapeau, la salue, il va se coucher. Joséphine regagne sa chambre, elle y marche nue, dans un sens et dans l'autre, susurre une berceuse qui éveille en elle la forêt. Elle a allumé deux bâtons d'encens, elle invoque les esprits, pour muer en sa chair animale. Rien ne sert d'aller au combat, si l'on n'a pas l'intention de faire mal. Elle a identifié le lion des Aurès, il s'appelle Mohamed Aouissi. Dès l'aube elle partira à sa recherche, pour lui annoncer elle-même que sa vie est finie. À l'aurore, Joséphine monte dans un train, elle est voilée, personne ne sait qui elle est. Anonyme, Orientale, Mirabelle quitte la gare d'Alger. Dans la ville des attentats retentissent, des tirs, on dirait qu'a commencé la bataille. Les parachutistes de l'armée française sont arrivés, pour «pacifier» la ville. Bréant a confié à Joséphine que bon nombre de gradés et de soldats perdent les pédales. D'autres démissionnent, car cette guerre qui ne porte pas ce nom, on parle «d'évènements», nécessite que l'on torture des hommes. À chacune des représailles c'est l'escalade, un degré supplémentaire dans l'horreur. Entre les généraux et le gouvernement, on peut dire que s'amorce un divorce. C'est tendance l'émancipation en Méditerranée, on manifeste même en Corse. Huit mille hommes arpentent la ville d'Alger, ils viennent anéantir le F.L.N., imposent un couvre-feu, la tension est extrême. À travers la vitre du train, Joséphine, voilée, regarde sur la route s'étirer le convoi militaire. Après, c'est un désert de pierres. Elle le sait, son élocution en arabe n'est pas assez bonne. Au taxi elle dit qu'elle est journaliste, la voiture dévore la piste, disparaît dans une spirale de poussière.

9
Les Aurès

Je prends mon troisième café sur la terrasse, accoudé à la rambarde, avec vue sur le jardin où l'on a éradiqué les passants pressés, ils ont dû balancer un produit. Le médecin est passé voir Joséphine, quand il a terminé j'ai demandé à le consulter. Il m'a ausculté, écouté, lui m'a compris, ça m'a fait du bien. Il m'a fait une ordonnance, il m'a prescrit des bains de foule. Une posologie légère a-t-il dit, une fois par semaine, un match de football, une pièce de théâtre ou un concert. Il a levé l'index et rajouté, chaque dimanche matin le marché. Je l'ai remercié vivement le Docteur Vatel, j'étais si rassuré que je l'aurais limite embrassé. Il a disparu au fond du jardin, et c'est Elsa que j'ai embrassée. Elle est contente que je remonte la pente ma beauté merveilleuse. Ce matin, elle voit en moi un battant, un winner, un type qui refuse la disparition des humains en retard. Un résistant de la première heure, un parachuté en Provence disant non à l'inéluctable désertification du territoire. Je crois que je vais commencer par le ballon rond, il y a un match demain, il faut que je m'achète un maillot blanc de Marseille, ça gommera un peu mon accent de titi parisien. J'ai cette idée en tête et à nouveau je déchante. Les spectateurs, à part quand ils entrent et sortent du stade, ils ont le cul vissé sur leurs chaises. Ça veut dire qu'ils ne sont plus pressés de rien, il faut s'imaginer leur vie alors qu'ils sont immobiles. Oui je veux bien, comme ceux assis dans l'abribus, mais eux, ils n'attendent pas si longtemps. Heureusement, j'ai repensé au match, ça m'a sauvé la mise, les joueurs eux sont des vrais passants qui se font des passes dans un rectangle vert. Ils courent tout le temps sans se servir de leurs mains, sauf les gardiens, eux sont bien plus malins. J'ai poursuivi ma lecture de *Bab El Oued*, c'est dingue la vie de cette femme. Je ne me suis jamais posé la question de savoir si ce qu'elle racontait dans ses livres était vrai ou pas. Je suis bon public, moi j'y crois dur comme fer que c'est autobiographique. Les cigales se sont levées de bonne heure, je reprends ma place derrière la jarre bleue à fleurs bleues mais d'un bleu plus clair. Je ressens de la tristesse par anticipation. Comme Joséphine est partie, elle va perdre encore de son humanité, là-bas dans la montagne, là-bas dans les Aurès.

Joséphine regarde le ciel étoilé, ça pétille, on voit au loin les astres qui scintillent. Autour du feu elle boit le thé avec Habib son guide, chez qui elle passera la nuit. Sa femme Fatima vient et va, on dirait qu'elle n'est pas autorisée à parler. Elle a dû batailler pour connaître son prénom, et on allait en rester là. Les sourires ondulent et flamboient, un chien aboie à la lune, la nuit semble calme, mais c'est une apparence. Joséphine sourit aussi, elle le sait, tout le monde partout se méfie. Une femme, ça fait moins peur, fût-elle une espionne. Pour atteindre Mohamed Aouissi, elle a en tête une chronologie bien précise. Son contact demain évaluera sa demande d'entretien pour un journal parisien. Le contact est encore loin, une journée à dos d'âne. Elle a le temps d'écrire dans son cahier des questions qu'elle devra poser à Aouissi, au chef de l' A.L.N. Elle s'inspire de Camus, élève le débat, l'homme est un érudit, il va falloir nourrir son intérêt à la conversation. Par ce geste du stylo enroulant les lettres dans son cahier, elle retrouve des sensations oubliées. Elle n'a plus rien écrit depuis ces lettres à Laurent. Là, le sujet est tout autre, elle trouve que ça revient bien l'écriture. Elle alterne écriture et lecture, des articles sur le chef indépendantiste. Chacune des paroles de cet homme, elle trouve, est léchée et sensée. Elle travaille à se hisser au niveau du rôle, ne laisse rien au hasard, car elle sait que ce lascar lui prendrait tout. À l'aube, deux ânes montent au pas dans les pierres sonores encore fraîches de la nuit. Le soleil ne va pas tarder à démontrer qu'il est le maître. Les cailloux s'entrechoquent sous les sabots, ils émettent des notes de métal, le sentier tintinnabule pour commenter le voyage en altitude. Elle médite et Habib ne parle pas. Joséphine ne pense à rien d'autre qu'à se fondre dans le minéral, à y puiser de la force pour rendre son cœur de pierre, car elle le sait, les mots d'Aouissi l'ont touchée. Ça l'embête, la perturbe dans sa concentration. Le discours officiel a la mauvaise haleine d'une propagande. Dans cette boucherie, des deux côtés, il n'y a pas que des assassins. Il y a aussi des gens qui pensent, même s'ils doivent garder le couteau à la ceinture. C'est aussi le cas du Caporal Chef Mireneuf. Il a déserté, s'est retranché sur un haut-plateau des Aurès, pour défendre les indigènes. Il n'a plus toute sa tête, il a vu trop d'horreurs, mais il dit qu'il doit protéger ses enfants. Il accueille Joséphine et Habib, un fusil à l'épaule, et le sourire aux lèvres.

– Alors ? Tu es journaliste maintenant ?

L'homme rit comme on refuse d'y croire. Il connaît le pouvoir de la panthère, il a croisé sa route au Laos, il a compris qu'avec elle, il était tombé sur un os. Il rit aussi, parce qu'il est content de la revoir. Joséphine a saisi qu'en ses montagnes, tout le monde sait déjà qu'elle est là. « Tant mieux, ça ira plus vite » pense-t-elle. Dans le hameau on l'accueille comme une reine, Habib lui, est déjà reparti, il préfère cheminer de nuit. Joséphine ne peut s'empêcher de penser que l'homme est pressé d'aller signaler sa présence. Elle le dit à Mireneuf, elle rajoute qu'elle en est désolée. Dans la gorge sèche de la montagne, dans le lit de la rivière à sec, résonne une détonation. Habib est tombé de son âne, le son se répercute sur les parois minérales. Le tir est précis, son chant court est une sommation, elle met au défi qui voudrait s'approcher de trop près du royaume. Mireneuf lui présente sa compagne Mounia. De parler elle a le droit, ça la fait rire, elle a de belles dents, ça lui rappelle celles de Claudette. Ce couple-là est un mélange des deux cultures. Joséphine se demande si les us et coutumes étaient l'expression d'une adaptation au milieu ambiant, où si ça avait pu émerger un matin, dans la tête d'un hurluberlu convaincu, un qui pense que son idée fait règle. La culture se coltine comme ça, des costumes, des pas de danse tout à fait ridicules, des contraintes, pendant les siècles et des siècles. Juste parce que quelqu'un a pointé son index sur la photographie d'une période, en affirmant que c'est celle-là l'histoire. Évidemment c'est une chaîne que l'on égrène, parfois il y a des époques où il ne faudrait pas s'attarder sur certains maillons. Le devoir de mémoire doit laisser de la place dans son lit pour le présent. Il ne compte pas coucher dehors à la belle étoile toute sa vie comme Mirabelle. Elle n'est qu'un petit point du présent concentré comme un noyau atomique. Elle fait face au plafond d'étoiles, le spectacle est grandiose, alors elle se métamorphose, redevient ce serpent silencieux ondulant dans la poussière, et soudain germe l'idée d'une lettre. Elle va écrire à Mohamed Aouissi pour le séduire. Elle a trouvé sa faille, il aime être flatté si c'est argumenté, apprécie le compliment s'il a du fondement. Elle lui écrit et traverse les lignes, comme une couleuvre s'entortille entre les pierres brûlantes et les racines du mal.

J'ai le vertige, c'est incroyable. Je suis accoudé à la rambarde de la tribune du virage nord du stade vélodrome. Des passants il y en a tant qu'on veut, il en arrive par milliers avec des drapeaux, des écharpes et des bonnets colorés. Ils se sont tous fait piéger par un siège, il leur a aspiré les fesses, tout le monde s'est retrouvé englué à plus pouvoir bouger que les bras, que l'on agite ensemble pour former une vague dans la tribune. Le docteur Vatel est un médecin compétent, je me sens bouillant, je suis excité comme un empereur tout sourire et le pouce en l'air, dirigeant fièrement les jeux du cirque. Je fais le plein de sensations, je suis venu à Marseille voir jouer l'OM, avant de retourner à la maison où on m'a mis au régime. Je leur en veux un peu aux femmes de ma vie, de n'avoir pas considéré mon activité de vigie à la fenêtre, ma surveillance des petits rats de l'opéra dans la prairie. Aucune d'elles n'a trouvé ça essentiel. Elles ont tort, le docteur Vatel l'a compris. Quand même, tout ce monde qui chante alors qu'il n'y a encore personne sur la pelouse, ils ont dû détourner une manifestation. Il y en avait en Algérie, dans le livre de Joséphine Buisson. Je ne peux pas m'empêcher de penser que chaque révolte dans les Aurès a décimé des centaines, au total sur deux siècles, des milliers de personnes. À vue de nez, ça représente la tribune sud d'en face que l'on raye de la carte. Heureusement les joueurs ont chassé l'idée quand ils sont sortis des vestiaires. Deux files indiennes parallèles, qui finalement virent à droite et à gauche. Ils portent des couleurs différentes, on dirait un ballet coordonné. J'essaye d'imaginer leurs intentions, ce n'est pas facile. Le chef a le ballon dans la main, il est en noir et jaune comme une abeille, mais son parcours à lui est incohérent. Il va et vient sans arrêt, émet des coups de sifflet stridents comme une poule de rivière, parce que tous les joueurs se disputent un ballon, lui se prend régulièrement des coups de pieds alors qu'il n'avait rien fait. À regarder, c'est lassant. Alors j'observe maintenant les spectateurs, les différentes tribunes et loges de l'échelle sociale. Il y a les virages populaires qui insultent la mère de l'adversaire, la tribune Jean-Bouin où on décortique le jeu un brin, on analyse, on commente, il en faut plus pour s'enthousiasmer. Soudain le stade explose de joie, je n'ai pas compris pourquoi, c'est parce que le gardien a ramassé le ballon dans ses filets je crois. Ça met tout le stade debout et d'accord, ils sont tous désenglués, ça libère une rumeur de satisfaction, un brouhaha de félicité. Je ne connais pas toutes les règles, je ne suis pas venu pour le foot, je suis venu voir des gens, il faut me sevrer doucement, pour ne pas que j'aie de crises. Le ballon a l'air vraiment solide, tout le monde shoote dedans, il roule et ne bronche pas. De la manufacture allemande certainement, ou scandinave, des gens sérieux qui dans le commerce ne vous prennent pas pour des caves. L'arbitre a dû siffler trois fois la mi-temps, les joueurs n'avaient pas entendu. Apparemment c'est l'heure de manger et de boire, d'aller faire pipi, après on ne pourra plus. Je me sens bien, les passants recommencent à passer pour se dégourdir les jambes, acheter à boire ou je vous le disais, uriner. Dans une portion de virage, il ya comme une part de fromage, un triangle isocèle de supporters adverses, certainement sauvages, ils sont parqués sous d'énormes filets. Ils sont venus assister au match et se sont fait capturer. J'ai entendu que mon voisin de rangée s'appelait Ferdinand, j'aurais préféré ne rien entendre, je lui avais imaginé Alexander. Pour être franc, de voir des gens je suis content, je ne dis pas le contraire, mais, il y a un « mais ». Je ne sais pas exactement lequel, mais je lâche rien, je crains dégun, ça veut dire « personne », je suis en mode winner, je vais trouver lequel. Soudain la foule se lève et s'enlace, Alexander m'embrasse, un gardien a trouvé un ballon dans sa nasse. C'est bon de communier sa joie avec des étrangers, je l'avais pensé Russe

Alexander, en fait il me dit qu'il est natif d'Angers avec un fort accent marseillais. Le jeu a repris, il y a des joueurs qui frappent encore le ballon et l'arbitre ne dit toujours rien. Deux à zéro c'est pas mal, à les voir ce n'est pas suffisant. Les gardiens sont à la pêche aux ballons, il n'y en a pas beaucoup dans leurs filets. Deux seulement en une heure, c'est vous dire si c'est un sport de radins. Au rugby on marque beaucoup plus de points, au tennis aussi. Je me demande ce que je fous ici. Ferdinand m'invite à venir boire un pastis à l'olympique, son bar fétiche. Il est gentil, il est brave, j'aurais préféré une vodka sur la Volga. Paco son voisin au maillot argentin me tend un joint, je n'ai pas pu refuser, je ne sais pas si c'était une bonne idée. Lui, le prénom Paco ça lui va bien, je dis rien, je n'aurais pas trouvé mieux. Mais Ferdinand, non franchement. Je fume comme une locomotive, lui rends le calumet, genre pas trop, c'est un peu fort pour moi, mais c'est trop tard. J'ai décollé complet, et ça les fait mourir de rire. Là-dessus un gardien a chopé un ballon dans son filet à papillons, et l'allégresse a jailli comme un volcan en éruption, tout le monde avait les bras aspirés parle ciel. Ferdinand et Paco se sont jetés sur moi. On m'avait prévenu que les Méditerranéens pouvaient être familiers. Les humains, moi je suis habitué à les regarder de loin. Ils sentaient l'anis, la sueur et l'amitié facile. Je pense que c'est parce que j'avais le maillot de l'O.M., parce qu'à aucun moment je n'avais fait la tête d'un mec sympa et ouvert, que tout de suite on aime. L'arbitre à nouveau, a dû siffler trois fois ; sont vraiment bouchés les joueurs, pour qu'ils rentrent au vestiaire. C'est fini, maintenant, c'est le meilleur moment, le bain de foule que m'a prescrit le docteur Vatel. Je me faufile dans la file, infuse dans l'essaim, baigne dans le cortège, deviens cet un du grand tout, anonyme citoyen se coagulant à la masse du peuple qui se déplace, se déverse dans les artères de la ville, les rues, les trottoirs, s'éparpille dans la nuit comme une eau fluide.

Au lever du jour, le Caporal Chef Mireneuf est parti, tel le facteur d'un grand journal parisien. Lui voyage léger et à pied, il porte la lettre de Joséphine pour Aouissi, ainsi qu'un pistolet dans sa sacoche. Elle attendra ici, sur ce haut-plateau balayé par le vent, dans ce hameau retranché intégré dans la pierre, une éventuelle réponse à sa requête. Le jeu du chat et de la souris a commencé, il sait déjà qu'elle est là, il va savoir ce qu'elle veut. Elle a écrit une bonne partie de la nuit, relu chaque mot dix fois. Ce n'est que très tard qu'elle fut satisfaite, qu'elle put un peu fermer les yeux. Tous ses sens sont actifs, elle écoute le vent chantant, repère un aigle planant, à l'affût d'une proie. Elle ferme les yeux, elle le voit, oui c'est un petit serpent. L'oiseau plonge, le serpent s'enroule autour des griffes, deux coups de bec tranchants il l'enserre et s'envole. Il a sûrement gardé en bouche de quoi nourrir le nid. Joséphine aimerait y voir la fable de sa mission. Une attaque rapide avant de disparaître. Mounia lui a montré sans crainte la salle de radio. Elle pourrait envisager de mettre en place une extraction par hélicoptère, après avoir tué Aouissi. C'est une option qui lui convient mieux qu'une poursuite dans les montagnes. Elle a toute la journée devant elle, le temps que Mireneuf aille et revienne. Elle n'est même pas sûre d'avoir une réponse aujourd'hui. Elle a joué sa carte, elle verra si Aouissi joue la sienne ou pas. Elle n'a pas à attendre pour être fixée, à midi, Mireneuf est déjà revenu, les poignets ficelés, encadré par des combattants, il a la pommette rouge et enflée, il s'est fait bousculer. Un bataillon d'une vingtaine d'hommes se déploie sur le plateau. Il n'y a que deux femmes ici, Mounia et la journaliste, ainsi que deux enfants. Alors arrive Mohamed Aouissi en personne. Il n'a pas attendu le courrier pour venir, il avait déjà mordu à l'hameçon. Il regarde densément Joséphine et sourit :

— Salam Aleikoum Madame Buisson ! Bienvenue dans les Aurès.

C'est un bel homme qui prend soin d'être charmant malgré ses vêtements rustres, son langage est rutilant. Des phrases alignées au cordeau, coupées là où il faut, la parole à l'équilibre, le propos d'équerre. Pour autant derrière cette communication, de l'Aurès il reste le Lion. Il peut rugir à tout instant et semer la mort. Il dit qu'il serait plus convenable de discuter autour d'un thé, celui que Mounia sert dans des petits verres sur des dalles de pierre. Mireneuf a été détaché, mais on ne lui a pas encore rendu son pistolet.

— Maleikoum Salam ! Bonjour Monsieur Aouissi, je suis ravie de vous rencontrer, je vous ai fait envoyer une lettre, peut-être l'avez-vous lue ?

— Oui, je l'ai lue en chemin, vous avez une très belle écriture. J'ai lu aussi un de vos livres au nom imprononçable, dites-moi si c'est bien ça : *Guangzhou* ?

— Oui, parfaitement.

— Excellent livre, sans flatterie aucune, j'ai aimé les

odeurs sur cette lagune, la mer de Chine est-elle vraiment noire ?

L'après-midi s'étire autour du thé que Mounia renouvelle.

– J'aimerais écrire un grand article, un article de fond. Avec un pas de recul sur l'Histoire, une grande fourchette de deux siècles, pour comprendre les conquêtes, les enjeux, les révoltes. Vous êtes à la tête d'un mouvement comme un éclaireur de l'histoire, le monde veut entendre votre parole, pas ce refrain de propagande qu'on déverse partout sur vous dans les journaux français.

– Vous m'en voyez honoré, sous réserve que votre article ne soit pas coupé ou tronqué par vos supérieurs.

– Pas dans le journal *Le Monde*, j'ai toute liberté.

– Pardonnez-moi par deux fois, pour ma méfiance et pour ma franchise. Comment une espionne comme vous devient-elle journaliste ?

– Comme Mireneuf est devenu combattant. On change. Avec un article comme celui-là, un entretien avec l'ennemi public numéro un de la France, ça me permettrait de faire bouillir la marmite un moment. Moi, la guerre j'ai déjà donné, je suis plus utile un stylo à la main je vous assure.

Il sourit, elle le sent à moitié convaincu. Alors elle pense au plan d'entrevue qu'elle a préparé, elle ouvre son cahier et le lui montre. Il lit attentivement, son visage se détend, cette fois-ci elle le sent, il est en train de céder, il va accepter l'entretien. L'après-midi s'étire jusqu'à son extrême limite, Mireneuf allume un feu pour les sortir de la pénombre. Joséphine trouve qu'Aouissi est d'une conversation agréable, il est doté d'un charme enivrant, mais elle n'en oublie pas pour autant sa mission. Lui, c'est un fauve aussi, un lion. Il sent le danger, le perçoit, mais il y autre chose. Joséphine l'a entraperçu, un reflet changeant dans le regard, à la fois comme un doute, une surprise, un épanouissement. Aouissi vient de la regarder comme une femme, malgré sa perception intuitive du danger, il ressent maintenant du désir. Il a envie de jouir en elle, quitte à la tuer après. Il y a cet article dans Le Monde, une tribune offerte à l'international, il ne va pas tout gâcher pour le cul d'une Française, même si celui de Joséphine Buisson est de toute beauté. Il règne autour du feu un jeu de séduction, un malaise, une tension, un désir qu'ils partagent, et un instinct de mort, planant comme un aigle dans l'attente du dernier acte, un cadavre à gripper entre ses pattes.

Ce matin, je prends mon café tout au fond du jardin, je me suis accoudé à un mur de pierres sèches, pour espérer entrapercevoir le troupeau de la bergerie au loin, jusque-là toujours rien. J'ai raconté à Elsa et Joséphine, comme le match c'était bien, de voir des gens enfin. Je n'ai ressenti aucune empathie de leur part. Alors j'ai compris, et j'ai dit :
— Dimanche matin, on va tous les trois au marché, et la semaine prochaine, tous les trois au théâtre !
J'ai rattrapé le coup in extremis, sinon c'était bientôt la guerre avec les miss Provence Alpes Côte d'Azur, qui complotent dans mon dos, quelque chose qui sonne comme une rature sur un disque vinyle. Avec elles, je ne suis pas tout à fait tranquille. Ça peut faire ça aussi la famille. Elles m'ont

kidnappé dans le sud, m'ont privé de passants, même si j'ai maintenant la caution de la science, une ordonnance à agiter comme un drapeau blanc. Le besoin d'humains est humain. Apparemment mon sevrage se passe bien, je dis ça parce que dimanche c'est demain, et qu'on va retrouver la rumeur du monde au marché. Ici elle s'est tue, où alors c'est tout dans les aigus, des gazouillis d'oiseaux minuscules, des pets de petit bois ridicules. Pour supporter ce traitement intensif de soumission au végétal, heureusement, je me suis accroché à la rampe, au bouquin, au livre de Joséphine Buisson. *Bab El Oued.* J'ai bien avancé, il me reste pas grand-chose à lire. Je me doute que dans cette histoire, certainement, le pire est à venir. Là-haut sur le plateau algérien, Eros et Thanatos roulent leur bosse comme des Sisyphe guides de montagne, ils arrivent à la cime de leurs convictions, c'est dommage ils y étaient presque. Ils se regardent comme dans *Il était une fois dans l'ouest,* on ne sait pas qui va dégainer le premier. Moi j'ai quand même une petite idée.

La nuit déplace sa robe afin de poursuivre la valse d'avec le jour qui va naître. Elle déplace ainsi un air qui caresse la tête des herbes folles. Joséphine est nue, allongée sur le ventre et sur ses vêtements. Elle mordille entre ses dents un brin d'herbe, le regard absent, elle attend l'aube claire. Mohamed dort du sommeil du juste. Cette nuit, ils se sont aimés. Elle avait dû apprivoiser son odeur forte, elle avait découvert derrière, une sueur de pain d'épices sur sa peau de miel. Elle n'avait plus fait l'amour depuis Guangzhou, elle en avait presque oublié toutes les sensations. Il avait eu des gestes tendres et délicats, c'était un homme bien. Elle regrettait d'avoir dû lui donner la mort aux premières lueurs de l'aurore, après qu'ils aient atteint ensemble un orgasme. Pour témoin ils avaient eu la Voie lactée. Le sang chaud avait giclé sur sa figure, puis s'était écoulé sur son corps, comme une tiède peinture. Elle l'avait serré contre sa poitrine, avait attendu en murmurant un chant doux, avant de le reposer lentement sur sa djellaba. Depuis, elle était restée allongée, nue, appuyée sur les coudes, mordillant entre ses dents un brin d'herbe. Le corps alangui, elle sent le sang sécher sur sa peau, durcir comme un masque d'argile noir sous la brise. Elle murmure une berceuse chinoise pour accompagner Mohamed dans le grand sommeil de l'humanité. La nuit et son âme tendrement bercées, s'en vont sur un courant d'air, assombrir l'autre côté de la planète.

10
Alger

On est attablés à la terrasse du café du village pour prendre le petit déjeuner. On est les premiers clients, j'ai réveillé tout le monde aux aurores tellement j'étais impatient de voir des passants passer. C'est dimanche, jour de marché. En famille, regarder le va-et-vient des camionnettes, les créneaux précis sous les tentures, l'assemblage des tubulures, c'est quand même bien agréable. Joséphine dans son fauteuil dort encore à moitié, un œil est encore en Chine. Elsa a les yeux tirés au-dessus de sa tasse à café, sinon bien sûr elle sourit, c'est pour ça qu'elle est la femme de ma vie. Je regarde Joséphine comme un enfant découvre que sa mère est également une femme, et accessoirement aussi un assassin. Malgré son ton acerbe parfois de Tatie Danièle, je l'aime bien. Elle écrit très bien, ses bouquins je les mange. Le dernier en date est presque fini. Ça me démange de découvrir la fin, de découvrir le prochain, ça me démange aussi d'en écrire un. J'ai dit ça me démange, c'est une expression, je ne vais pas pour autant en faire une crise d'urticaire. Comme quand deux livres se font face, pas rangés à leur place, et que Joséphine pète un câble, part en vrille, et m'insulte en me disant de revenir demain. Elle incarne pour moi une vieille France dont la vie avait été un combat. Notre génération, celle d'Elsa et la mienne, avait pu bénéficier d'une accalmie profitable. de l'histoire. On fait la guerre au loin désormais, tout en faisant semblant qu'on ne la fait pas. Du coup, on prend un air surpris, étonné, outré, quand en réponse, on se prend dans la gueule des attentats. On chante les Lumières, mais on pose son noble siège sur d'autres terres, avec les petits copains boute-en-train, en tête les Américains. De toute façon, si ce n'est pas eux c'est le camp d'en face avec la Sibérie pour tout le monde. Du coup tout le monde boit du coca-cola ou de la vodka sauf moi. Un forain vend des drapeaux de tous les pays, un monsieur s'approche, caresse le tissu de celui des États-Unis entre le pouce et l'index. Le vendeur pense qu'il est intéressé, mais j'ai bien observé, il vient juste de finir de manger un beignet, et cherchait à essuyer ses doigts gras. C'est une belle matinée, les passants vont et viennent, reviennent, ceux-là je les ai déjà vus passer deux fois, la troisième je souris. Ils ont dû oublier d'acheter des abricots ou des figues, des chaussettes en lot pour l'hiver, ou la serviette de plage de Che Guevara. Je propose une nouvelle tournée de cafés, tout le monde acquiesce, il faut des paliers pour émerger. Joséphine a le chandail jonché des miettes d'un croissant au beurre, c'est l'automne de la viennoiserie, des paillettes d'or reluisent sur sa poitrine, on dirait une femme berbère, prête à tressailler dans une danse, une transe, une invocation mystérieuse, qui invite les esprits à descendre. Pourquoi faire, je ne sais pas. J'imagine que ça ne me regarde pas. Quand-même ça m'intrigue, mais Elsa a tout balayé de ses doigts fins, les ongles blancs écrus bien faits, même virer des miettes elle fait ça avec élégance. Le rythme est soutenu, il se passe plein de choses sur la place. Un enfant dans une poussette capture en passant un paquet de piles, pile à sa hauteur. C'est à se demander si la mère est dans la combine, s'il planque son butin du jour sous sa couche. Une dame passe, de son panier dépassent trois poireaux, je les imagine bouillis, gorgés d'eau et sans sel, elle me file la déprime son assiette. Comme vous voyez je suis aux anges, y'a tout ce qu'il faut pour nourrir l'imagination. C'est bien mieux que pour un match de foot, avec un filet à papillons. Au basket ils les ont fixés, mais ils ont oublié de recoudre les filets, du coup le ballon retombe chaque fois à travers, ils réessaient quand même jusqu'à la dernière seconde. Mais je ne vais pas parler sport un dimanche matin, alors que sur la place l'activité du marché bat son plein. Un type a crié de se dépêcher, comme si ses tomates allaient bientôt s'en aller. Il en a des cageots à fourguer, à vue de nez il en a beaucoup trop. Un stand qui marche bien c'est celui des huiles essentielles, les brûle-parfums pour les maisons qui puent. J'essaie de retenir un peu les filles pour garder encore un peu ma place en terrasse, je leur propose une glace. Elles disent non, elles ont déjà fait trois fois le tour, elles sont lasses, veulent rentrer. J'ai poussé le fauteuil sur le chemin du retour, le long du canal bouché où l'eau verte pue aussi. Y habitent ces enfoirés de moustiques qui vous piquent sournoisement. J'ai compris qu'ils veulent vous pomper le sang. La prairie est un monde cruel, même sur le bord de la route, dans les bouquets de lavande y'a des abeilles qui cassent la croûte. Il ne faut pas les déranger sinon elles vous piquent elles aussi, elles vous mettent à l'amende avec leur dard. C'est une belle matinée de dimanche, je suis rassasié de passants intrigants, décevants ou esthètes, rassasié de leur cuisine alléchante ou triste. Ils étaient revenus plusieurs fois sur leurs pas, sur celui de leurs oublis respectifs, pour compléter et finaliser leurs achats. Ça m'a redonné des repères, j'étais déphasé à force de regarder la terre à nu sans personne de pressé ou perdu dessus. À la maison, j'ai retrouvé ma place près de la jarre, près de Lulu qui me lèche les pieds nus. Je retourne au bouquin c'est la fin, il reste à lire une peau de chagrin.

Lorsque Joséphine rentre à Alger, la ville a tourné une page noire de son histoire. En attestent les débris de verre et de chair, le sang sur ses trottoirs. La fracture semble irrémédiable. Des soldats ont paraît-il tiré sur la foule, c'est à n'y plus rien comprendre. Le visage de Bréant est marqué, il a pris dix ans en dix jours. En termes de compréhension, De Gaulle les a lâchés en disant qu'il les avait compris. C'est ce que pensent le colonel et ses supérieurs, des généraux qui sont désormais aux arrêts en prison militaire, d'autres encore se sont évaporés dans la nature. L'O.N.U. a mis la pression sur la France, a sonné l'heure de l'indépendance. Le boulot de Bréant aujourd'hui, c'est de fluidifier l'exil. Un exode massif s'organise sur le port, et à l'aéroport.

– C'est un sacré foutoir, il y a même des bateaux civils, des chalutiers, des coquilles de noix qu'ont traversé depuis la métropole pour venir chercher les gens. Méfie-toi, dans la rue il n'y a plus de

quartiers sûrs. Ils sont trois millions à foutre le camp, il y a des vautours et des loups qui se partagent les restes encore tièdes.
Le taxi l'a déposée dans une rue entravée par une barricade. Les murs sont criblés d'impacts de balles. Un bougainvillier fuchsia fait mine qu'il ne s'est rien passé, de même un rosier lilas explose à travers une grille, comme on fait un pied de nez fragile à la guerre. Joséphine termine à pied le chemin qui monte à Notre-Dame d'Afrique. Dans toute la ville c'est la panique, l'ordre a été donné de quitter le navire. Quand elle pousse la grille du jardin, elle comprend que les événements, comme ils disent, sont montés jusqu'ici. La porte de la maison est ouverte, elle a été fracturée. Des objets, des livres traînent au sol, des ustensiles de cuisine. Joséphine est tout ouïe, telle une panthère avant d'avancer. Soudain, elle entend son prénom ; c'est Claudette qui l'appelle de la fenêtre de la maison voisine. Elle l'invite à venir, et ses gestes veulent dire "vite". Joséphine traverse le jardin sous les pins parasols, pousse le portail mitoyen et rejoint la jeune fille. Elle ne porte plus son visage solaire.
— Roméo Aglietti est mort de chagrin, dit-elle en sanglotant. « L'Algérie pour nous, c'est fini », il le disait depuis longtemps et personne ne l'écoutait, personne ne voulait y croire, même pas moi. Mes parents sont partis hier en avion, ils sont à Lyon, là-bas, ils ne connaissent personne. Je pars ce soir en bateau, pour Marseille, par le *Ville d'Alger*. Et toi ? Dis-moi ? Où étais-tu ? Je me suis inquiétée, tu as l'air fatiguée, ça va ?
— J'embarque aussi ce soir, on prend le même bateau.

– J'ai récupéré tes affaires, ils ont cambriolé la maison du peintre deux fois, la seconde ils ont tout saccagé, j'espère qu'il ne manque rien.
Tandis que la cafetière italienne éructe la puissance de sa salle des machines, Joséphine plonge les mains dans son sac, comme on les envoie dans le moteur. Elle retrouve des objets de sa vie d'avant, d'avant quoi ? Un avant, un après, ça veut dire que ses points de repères ont changé. Elle retrouve un petit livre de prières chinoises, une traduction, elle l'avait trouvé dans une librairie de Guangzhou. Ses cahiers, son plumier et son encre, ses stylos, ses encens noués par un élastique, ses dernières lettres à Laurent, et celles qu'il lui a écrites. Elle regarde tout cela avec distance, comme si elle était toujours là-haut, à survoler la ville secouée de tourments comme un aigle. C'est comme une valse dans sa vie, arriver et partir. Elle ne sait pas où est sa place, elle possède une maison dans les Alpes où l'espèrent des fantômes. Elle n'est pas la seule à ne pas savoir où elle va, mais tous ont pris la décision, tous s'en vont. Elle pense à Claudette, qui doit quitter la terre où elle est née, où elle a grandi. Elle pense aussi à la joie de celui qui agite un drapeau vert et blanc, aux couleurs de l'Algérie qui se libère. L'Histoire est une tragédie lorsque l'on convoite la même géographie. De toutes les matières, la philosophie, hélas, n'est pas la première. La France laisse en place ses profs de physique-chimie, pour l'exploitation des ressources naturelles et minières. Son peuple quitte le territoire algérien, après cent dix ans d'une cohabitation inéquitable, mais elle garde la main sur le gaz, le pétrole dont regorgent les sous-sols. Joséphine n'a

aucune intention de vouloir changer le monde, elle boucle son sac, partage un café avec Claudette. Des tirs remontent de la ville, on ne sait pas pourquoi, certains font la fête déjà, alors que d'autres enterrent leurs morts.

– Ah ! J'allais oublier, Roméo m'a donné ça pour toi.

Claudette lui tend un rouleau, on dirait un parchemin, ses extrémités sont effilées comme des franges de toile de jute. Joséphine déroule le tissu compact, et soudain lui apparaît une toile. C'est l'entrée de la maison du peintre, avec ses glycines violettes et tombantes. C'est cette peinture qu'il peignait le jour de son arrivée. Pour Joséphine cela représente la paix d'un été. Elle en est émue à en avoir des larmes aux yeux. Elle pensait qu'elle n'en avait plus, qu'on les lui avait toutes prises à Port-Saïd, mais non, elle est encore vivante, encore sensible à la beauté, au toucher délicat du pinceau de cet homme. Il avait vu avant tout le monde la bascule du pendule de l'Histoire. Claudette se jette dans les bras de Joséphine et sanglote.

Le *Ville d'Alger* actionne longuement sa sirène, il prévient qu'il est prêt à partir. Accéder au port a été compliqué tellement la foule s'est amassée contre les grilles. Des militaires filtrent les entrées qui mènent à l'embarcadère. Des familles déchirées disent au revoir, d'autres cherchent à acheter un billet de passage. Ils sont refoulés, mais la tension est palpable, ça pourrait chavirer en un mouvement de foule, des gens pourraient être piétinés sous la houle humaine. Le paquebot actionne à nouveau sa gorge de baryton, étire sa plainte dans toute la ville. Il se dégage du quai imperceptiblement, comme on lâche lentement la main de sa mère. Accoudée au bastingage, Joséphine a pris sous son aile Claudette, une jeune fille arrachée à sa terre, à sa vie. Elles ont toutes les deux, quelque part dans l'avenir, un visage solaire à retrouver, un rire, un sourire à reconquérir, là-bas, de l'autre côté de la mer. Il faudra du temps à Joséphine pour oublier le bain de sang dans les herbes folles. Le liquide chaud sur sa peau. Mohamed a rejoint ainsi Yi Lin au tableau de chasse, mais avant eux, il y avait eu Chanthavong au Laos, Annam au Cambodge, il y avait eu aussi ce jeune soldat allemand, doux comme un enfant, et son supérieur trop entreprenant. Elle en avait tué des hommes, la vie avait bien tué les siens. Il y avait de la vendetta dans l'air, entre Joséphine et l'existence. Un rapport de confiance très mesuré, on peut essayer de comprendre. Elle s'amusait parfois à titiller Dieu et ses sbires, et ils lui accordaient parfois une récompense. Il n'y a qu'en amour qu'elle n'avait pas eu de chance. C'est idiot de dire ça, c'est Lucien, Laurent, Haimeï et Jian qui n'avaient pas eu de chance. Elle avait eu la chance inestimable de les connaître, un jour dans sa vie de les voir apparaître. Elle serre l'épaule de Claudette comme une mère pour sa fille, Alger scintille comme un ultime rassemblement d'étoiles, elle rétrécit lentement plus le paquebot s'éloigne, elle dit adieu. La France rapatrie à bord du navire une partie des enfants du divorce, et un chagrin immense. Il est fini le temps des colonies.

11
Vacances en Famille

Je prends le café sur la terrasse, près de la jarre qui sent bon et près de Lulu qui pue. Il a dû aller se rouler dans l'herbe et dans un autre truc nauséabond, du fond du jardin, son WC de chien. J'ai terminé le livre de Joséphine, *Bab El Oued*, c'est vraiment bien écrit. Finalement dans sa vie il n'y a eu que des quais de gares, des pontons, des embarcadères. Elle n'avait foulé finalement que des terres qui se libèrent, il n'est pas sûr qu'elle ait toujours été dans le bon camp, mais elle avait toujours agi dans le mouvement, dansé avec les événements. Elle ne savait faire que ça, se battre pour la France. Alors elle avait marché au pas, en cadence, comme un bon soldat, jusque dans ce repli de l'Histoire. De toute évidence, il fallait que ça change. À la fin de son livre, elle tourne une page de mer, encore une fois. Ça laisse la porte ouverte à une suite, comme dans ses autres bouquins. Depuis "Mirabelle", les histoires se succèdent dans la chronologie, elles couvrent pas mal d'événements majeurs dans la vie politique du pays. Je me demande ce qui s'est passé ensuite, dans sa vie à elle, ce qu'est devenue Claudette.
J'ai repéré le chat blanc derrière un cyprès. Il me regarde avec des yeux verts très perçants. Il se demande si ce type calme, attablé depuis dix jours près de la jarre bleue, n'est pas un fourbe qui cache

bien son jeu. Il pourrait s'avérer qu'il soit en fait, violent ou hystérique. Dans cette éventualité, il se prépare à l'affrontement en sortant ses griffes, en gonflant sa fourrure, il me crache de loin ce salopard. Il ne m'aime pas, je l'ai su dès le premier regard. Qu'est-ce que je vais bien pouvoir dire à Joséphine, comme retour de lecture de *Bab El Oued* ? La vérité, c'est que j'ai envie de connaître la suite, c'est plutôt bon signe. Je ne suis pas sûr que ça le soit pour l'auteure. Joséphine est très susceptible, elle aussi, et ça rime avec irascible. Alors je n'ai pas envie de réveiller le dragon qui sommeille, il faut donc que je trouve les mots justes. Mon préféré sans hésiter, c'est *Guangzhou*, mais il y a encore des livres d'elle que je n'ai pas lus. Boudiou, moi-même j'en ai un à écrire. Ça commence à faire beaucoup. Là voilà qui déboule en fauteuil klaxonnant du clairon. Elle chante : « Debout les bleus, la sieste est finie ! Rassemblement pour la théorie ! Laissez dormir les anciens, qui partiront peut-être demain ».
Le chat s'est enfui offusqué, Lulu s'est mis à aboyer, ça lui plaît la musique militaire. Elsa est sortie de la cuisine, un gâteau à la main, avec plein de bougies allumées dessus. Je ne sais pas du tout quel jour on est sur cette planète, mais d'après elles, c'est mon anniversaire. Ces messes basses dans mon dos, ces petites rayures de vinyle, ces confidences fallacieuses de famille c'était donc ça. Quand on ne sait pas, on s'invente un tas de trucs, comme je fais d'habitude avec les passants. Mais la famille ce ne sont pas des passants comme les autres, ils n'ont pas l'esprit tordu comme le chat blanc, qui de loin et des yeux m'assassine. Dans une vie antérieure, on a dû avoir

un différend, un conflit pas réglé qui s'envenime, un combat miteux que d'une vie à l'autre on se coltine. En tout cas, cette âme-là, celle du chat, a été rétrogradée à une vie animale. Bien fait ! Il ne devrait pas se plaindre, une vie de chat c'est pas si mal. Il pense peut-être dans sa toute-puissance de chat que c'est mon âme qui a été rétrogradée à une vie d'homme. Si c'est vrai, on n'est pas sorti de l'auberge, lui et moi. Notre opposition a de beaux jours devant elle, de belles vies à distraire. Il faut que je trouve un moyen d'amadouer définitivement cet abruti. Elsa me demande de faire le pompier de service et de souffler les bougies.
— Benjamin, je te l'ai déjà dit, le chat blanc est une chatte, elle s'appelle Agathe. Elle a toujours été très méfiante, quelqu'un un jour a dû lui faire du mal, elle est restée sauvage, sauf avec Lulu.
Le chien a entendu son nom, du coup il se met au garde-à-vous, sa langue pendante rangée sur le côté, il espère un morceau de gâteau. Il est tout disposé parce qu'il adore la crème pâtissière. Joséphine lui envoie des pelletées de cuillères régulières, qu'il avale avant qu'elles ne touchent terre. Dans les relations familiales, il y a aussi des moments sucrés. Je suis tout ému quand Joséphine annonce qu'elle a un cadeau pour moi. J'ai quand même l'impression bizarre qu'elle m'a aussi braqué un fusil sur la tempe. Ses yeux brillent d'émotion, et je ne saurais définir laquelle. Je cherche, je ne sais pas si elle m'a vu débarquer dans sa vie comme un prince charmant, un chapeau à la main, venu réveiller la momie. Ou si elle me voit comme un petit délinquant, venu profiter des avantages, ceux de cette villégiature, ceux qu'Elsa

possède dans son corsage. Un petit con venu se faire reluire les orteils par les coups de langue de Lulu. Joséphine me tend une pochette cartonnée, Elsa en est tout sourire, elle dit qu'elle a déjà eu le sien de cadeau. J'ouvre le dossier et j'en reste sans voix. Je comprends alors ces chuchotements de couloir, le complot qui rôdait depuis quelques jours dans la maison, je croyais que c'était à cause de ma nouvelle passion pour le ballon rond. Ça me rendait parano, j'avais même réservé trois places au théâtre pour aller voir Cyrano. Mais encore une fois je n'y étais pas du tout. La famille ce n'est vraiment pas des passants comme les autres, il faut que j'apprenne à faire le distinguo. Joséphine Buisson est allée chez le notaire. Elle a fait rédiger des actes sur lesquels Elsa et moi sommes les seuls légataires de ses biens. Le manoir avec le petit bois maudit à Paris. La maison en Provence, avec Agathe et Lulu, la maison de St Luçon où il fait froid, où dès qu'on arrive, faut envoyer du bois. Et aussi ses actifs de la maison d'édition Tchoutchouka dont elle a racheté les parts. Je suis estomaqué, du coup pour les mots ça fait embouteillage, ça bouchonne au péage, seuls quelques-uns auront droit de passage. Pourvu que je ne rote pas. J'ai les larmes aux yeux, j'en reste silencieux. Pas envie de sortir une connerie, pas aujourd'hui, pas maintenant. Les mots, après, c'est des trucs qui restent. Faut choisir les bons fruits dans le cageot, pas les pourris qui restent mous et poisseux entre les doigts dans la mémoire collective. Finalement par son geste notarial, Joséphine m'adopte et m'unit à Elsa. C'est un beau cadeau d'anniversaire. Joséphine s'amuse de l'émotion qui me submerge, avant même que j'ouvre la bouche, elle me coupe :

– Ta goune mon fils ! Sagouin ! Fosse à purin ! Quelles nouvelles de *Bab El Oued ?*

– Je viens de le terminer. Après ce rapatriement, cette fin ouverte, j'ai eu envie de connaître la suite. La vie de Joséphine, celle de Claudette. J'ai eu envie de savoir ce qu'elles sont devenues.

– Regarde ce que je suis devenue fils de chien ! Pour Claudette, tu l'as vue, c'est elle qui t'a servi le café sur la place du marché. Après *Bab El Oued,* je n'ai plus rien écrit de bien. À part peut-être *Le Rire du Mime.* Oui, il surnage dans la mélasse, à cause, ou grâce à l'affaire judiciaire.

– Vous en avez un exemplaire ?

Joséphine prend alors un accent pied-noir prononcé :

– Mon fils ! Comme ties beau ! Allez viens galopin, mon gamin que je te montre le petit moulin.

Voilà des jours que je suis là, et je ne savais pas qu'elle avait un bureau-bibliothèque. Des tas d'histoires suspendues alignées au rapport que l'on passe en revue attendant d'être lues. J'avais bien repéré la porte fermée à clé. Mais pas la clé que Joséphine planque dans une cachette inconnue. Elle la fait tourner dans la serrure, fait rouler ses yeux, puis fait tourner les roues de son fauteuil, elle me fait entrer dans une chapelle, un petit temple des livres, comme elle dit « le petit moulin des mots ». Elle me dit aussi que l'été, c'est là qu'elle écrit, elle laisse la porte ouverte pour le courant d'air, sinon le moulin ne tourne pas. Elle me désigne une étagère, où je rencontre le livre en question, ça s'appelle *Le Rire du Mime.* Je ne suis pas super à l'aise, je le trouve grinçant comme titre. En plus ça rime, avec crime. Elle récidive, dans *Guangzhou* c'était Yi Lin avec vermine. Je commence à connaître l'animal et sa poésie assassine, ses petits vers qui résonnent à l'oreille, ses arrangements esthétiques avec le mal. L'équilibre moral sur lequel elle étire son pas sur sa ligne d'écriture est fragile, elle est une équilibriste calme, lissant son pas sans filet, décidée à rejoindre l'autre rive de la littérature. La diablesse progresse dans ses textes d'une nage élégante, dans une rivière de sang. Je regarde Joséphine assise en contre-jour de la fenêtre ouverte. Je me dis que la guerre légalise le crime, oui, qu'ainsi le meurtre devient légal. Quand même, ce doit être un sacré boulot de mettre d'accord sa conscience. Elle la recouvre de son chapeau à large bord, ourlé d'un ruban rose, mais n'a jamais livré son mode d'emploi sur ces compromis délicats. Séparer le ventre, le cœur et l'esprit, elle sait faire. Elle sait aussi laisser causer l'âme sans les mots. À l'entendre, le petit moulin des mots, cette ritournelle, c'est presque une malédiction. C'est plus fort qu'elle, il faut qu'elle les épelle par écrit, elle dit le flot bleu avec ses taches, son écume d'encre. Elle a beaucoup écrit à la main, des feuilles sur le bureau il y en a plein empilées comme des preuves du temps écoulé. Elle n'avait pas aimé écrire à la machine, ce pas martelé de défilé militaire, avec une cloche qui sonne à la fin de chaque ligne de revue de bataillon, elle n'aimait pas le son. Depuis peu, elle avait fait l'acquisition d'un ordinateur portable, ces touches au son cotonneux, ce petit pas de chaton c'était beaucoup mieux.

— Mon gamin, c'est les vacances, je te fous la paix.

Profite ! La semaine prochaine, on rentre à Paris, ce ne sera plus la même musique. Y'aura une revue d'effectif, tu t'en tireras pas comme ça mon salopard ! Tes phrases, au cordeau je les veux, comme un lit au carré. Ne va pas m'arrondir les angles de redondances, tranche dans le vif ! Sagouin ! Fosse à purin d'écrivain !
Cette femme croyait en moi, je ne comprenais pas pourquoi. À ma connaissance, elle ne m'avait jamais lu, et mon écriture, moi-même je n'y avais jamais vraiment cru. J'avais oublié la puissance de la famille, celle qui évite qu'on s'éparpille en mille morceaux, mille petits alibis à disposition pour ne pas faire les choses. Celle qui vous redonne confiance quand il n'y en a plus. Eux ils en ont toujours plein, ils partagent, ils ne sont pas radins comme les passants au loin qui s'en foutent de ta vie. Je ne parle même pas de certains voisins, qui font mine de s'intéresser à votre vie rien que pour ne pas trop solliciter leur imaginaire. Connaître votre profession déjà ça les nourrit pour un moment, la compète de position sociale, après ils ont faim d'autre chose, d'en savoir plus sans avoir à lever le petit doigt. Ils organisent des apéritifs dînatoires pour vous raconter leur histoire qu'ils connaissent par cœur, qui jusque-là a bien fonctionné, alors ils la ressortent, comme radote un moteur. Pour peu qu'ils vous connaissent, quand ils découvrent votre faille, votre faiblesse, là où le bât blesse, là où on dit aïe, s'ils reviennent quand même ça devient des amis, ou alors ils font de vous des voisins masos. La famille est réunie sur la terrasse, même Lulu à qui Elsa explique qu'il va rester là. Lulu, il fait celui qui ne comprend pas. On

attend le taxi, ce soir on va tous au théâtre, on va voir Cyrano. Ce qui est bien dans ce théâtre c'est qu'il y a un ascenseur pour le fauteuil, une pente qui descend jusque dans la loge au balcon. J'en ai choisi une au plus près de la scène, tant qu'à faire, le nez de Cyrano, sa péninsule, autant la voir de profil, sinon de face, je ne vois pas l'intérêt. De face ça fait bec d'oiseau qui pique du nez, j'en vois assez déjà à l'heure de la sieste, quand les cigales ne la font pas. Je suis content d'être là, elles aussi on dirait. Elsa l'est toujours, je ne sais pas comment elle fait. Joséphine c'est le contraire, quand pour une fois elle est contente, on respire un peu, ça glisse, comme un parfum d'armistice. Elles se sont parfumées, moi aussi. Les spectateurs du théâtre devront faire avec. D'après les effluves qui remontent, on a de quoi soutenir la compétition olfactive. Notre nuage a des notes solides, on en a vu d'autres. Ce ne sont pas ces déodorants de supermarché qui pourront lutter contre la bouffée de Mafia qu'on fait à nous trois. Y'a pas à dire on marque le territoire. J'ai une pensée d'empathie rétrospective pour le chauffeur de taxi qui nous a menés jusque-là. Il a conduit le nez à la fenêtre, à l'heure qu'il est il est peut-être sous oxygène. La rumeur monte, les passants grouillent avant de se faire prendre les fesses par une place. Les fauteuils rouges se déplient comme des fleurs carnivores, les gens s'assoient dedans, ils n'ont pas peur qu'ils avalent le reste de leurs corps. Ils gardent les passants entre leurs lèvres, le temps de la représentation théâtrale. Joséphine et Elsa agitent leur programme, je croyais qu'elles avaient chaud, mais encore une fois, je n'y étais pas du tout. À

leurs sourcils froncés et réprobateurs de rigueur militaire, j'ai compris que c'était à cause de l'odeur. J'ai pris un air surpris, étonné, de naïf à sa fenêtre, mais pour être sincère, comme Joséphine m'a demandé de le faire dans le genre littéraire, c'est parce que j'avais largué un vent, un pet horrible aux fines herbes de leur Provence chérie. J'ai dû justifier ce tromblon comme une riposte à l'attaque sournoise et vicieuse venue du balcon d'en dessous. Une actrice venant d'arriver, égérie d'un parfum agressif qui porte loin. Je suis le capitaine au balcon, on traverse le jardin des odeurs, des parfums invisibles qui luttent pour survivre ou alors s'évaporent, tentent leur chance ailleurs.
Dans la jungle de la parfumerie, une bataille intense se déroule. J'ai dû discrètement envoyer un obus qui sentait vaguement l'ail et une odeur de tripaille. Une sonnerie stridente a signalé la fin des combats olfactifs. Quelqu'un a même éteint la lumière, comme si cela pouvait y faire quelque chose. Mais les parfums combattants ne craignent pas l'obscurité. Cependant, je n'avais pas anticipé la présence d'un individu caché derrière le rideau, un planqué qui refuse de montrer son visage et qui frappe comme un demeuré avec un bâton sur la scène. Je suis surpris que cela fonctionne ; plus personne ne parle, ne tousse, ne rote ou ne pète. Même les odeurs ne bougent plus de leurs loges. Chacun a trouvé sa place. En frappant trois coups secs et distincts, il a mis fin à tout, un silence complet, motus, anus et bouche cousue, puis le rideau s'ouvre.

Les champs de lavande défilent à travers la vitre du train. Ils ont besoin de changer d'air, c'est tout à fait naturel. Même le Dalaï Lama a dit qu'il fallait aller une fois par an dans un endroit inconnu. Peut-être pour se donner une chance de se rencontrer soi-même, en profondeur, dans sa lignée intérieure, bien cachée elle aussi. Il faut pourtant aller loin pour la trouver, dans ces sommets du Tibet. À la gare, Elsa a acheté le même magazine qu'à l'aller, mais celui du mois suivant. Je remarque que la une est différente. Joséphine somnole, à en juger par ses mimiques, son inconscient est en lutte. Nous avons tous adoré Cyrano, sans faire le gamin c'était vraiment trop, trop bien. Personne ne m'avait averti, mais cela a duré quand même trois heures cinq, avec entracte. Nous avons eu le temps de faire une pause, de discuter des odeurs et des parfums, dans le couloir et au comptoir du bar. Joséphine a avalé d'un trait son whisky, sauf la glace qui ne passait pas la barrière du dentier, cul sec, comme si c'était du jus de pomme. Ensuite, elle a levé le bras et s'est écriée : « Sagouin ! Fils de chien ! Bavardeur insolent dans ta fosse à purin d'écrivain ! »
Tout le monde s'est retourné, surpris. Certains commentaient à voix basse, d'autres souriaient, et quelques-uns ont même applaudi. Ils ont dû la prendre pour une comédienne. La rumeur s'est propagée parmi les spectateurs dans le hall du théâtre, Joséphine a finalement atteint son heure de gloire.
J'ai entre les mains le livre *Le Rire du Mime*. Je pense le lire pendant que le paysage défile, pendant que Joséphine dort dans son hamac en Chine et qu'Elsa sourit à son magazine.

12
Louis

Le soleil décline derrière la cime des sapins. On peut suivre le camion masqué par les arbres, au nuage de poussière qui s'élève derrière lui, tel un serpent éphémère dont la queue retombe et disparaît à mesure qu'il avance. Le camion s'ébranle, les bûcherons rentrent au village, d'autres encore à la ville. Ils sautent de la remorque quand c'est leur arrêt, ainsi se dispersent-ils sur le territoire, des travailleurs semés au cours du voyage. Ils sont las et repus du combat journalier avec le bois. Dans la cabine du camion, Jeannot se fait le berger des bûcherons. À l'avant, près de lui, un jeune homme sec et fringant est assis sur son siège, enroulé dans une position de danseur au repos. Il fait des étirements chemin faisant, du yoga pour décontracter les muscles et les articulations. Ce n'est pas surprenant, plié comme il est, la jambe derrière la tête, qu'il ne dise pas un mot. Oui, car Louis est muet. Lorsque Jeannot lui parle, il lui répond avec les mains ou des mouvements de tête. Jeannot ne connaît pas vraiment le langage des signes, mais c'est son ami, il s'est habitué à leur communication brève, à profiter de l'instant présent, sans pour autant étirer des phrases et des mots que l'on traîne derrière soi comme des casseroles. Le silence est un territoire qu'ils partagent, une communauté qu'ils entretiennent depuis longtemps. Jeannot avait été surpris d'apprendre qu'après une journée de travail, Louis avait encore l'énergie d'aller à St Luçon prendre un cours de théâtre. Un muet sur scène, l'idée lui avait paru presque drôle, s'il n'était pas conscient de la difficulté que représentait ce handicap. Louis voyait les choses tout autrement. Pour lui, ça handicapait surtout les gens autour de lui, pas lui. Il avait toujours été comme ça, ce n'était pas arrivé du jour au lendemain. Francesco, un professeur de lettres du lycée, donnait aussi des cours au théâtre de poche. Il avait chaleureusement accueilli Louis en lui disant de revenir les émouvoir ou les faire rire par le mime. Louis claque la portière du camion, la tôle semble protester. Il file dans les loges directement, déjà vêtu de son costume : une chemise à grands carreaux rouges et noirs, un pantalon de velours côtelé maintenu par des bretelles, de grosses chaussures de sécurité. Il n'a plus qu'à passer au maquillage. Face au miroir, la maquilleuse s'appelle Joséphine, une très belle femme, mais au visage sévère. Elle semble prête à mordre, un air qui dit "essaie, viens voir". Elle se contente de lui peindre le visage, lui pincer un nez rouge, et peut-être, sourit-elle malicieusement, teindre le bout des chaussures en rouge. Elle est plus sympathique qu'elle n'y paraît. Elle lui raconte qu'elle vient de Paris où souffle un air de révolution. Tout en ajustant par petites touches son masque blanc par des tampons délicats, elle lui décrit ce qu'il a entraperçu à la télévision : les barricades, les voitures retournées, et un gouvernement en sursis. Bien qu'il en ait lu des bribes dans les journaux, à l'entendre, Louis se dit qu'en théâtre, Joséphine n'en est pas à sa première année. Elle peaufine les contours de la bouche et des yeux, ceux qui rendent le moindre mouvement du visage expressif. Elle lui demande de ne pas bouger pendant qu'il s'entraîne en remuant les zygomatiques. Après l'Algérie, la France traverse une nouvelle crise, celle d'une jeunesse qui refuse les pantoufles de papa, ils veulent se laisser pousser les cheveux, les remuer sur de la musique rock, donner du pouvoir aux fleurs, boire, fumer et faire l'amour, libérer leur âme. Elle exagère à peine, c'est à peu près ça leur programme. Joséphine durcit le ton en abordant le féminisme. Louis n'a toujours pas dit un mot et pour cause. De toute façon, elle parle pour deux ou trois. Lorsqu'il entre en scène, Francesco l'accueille en silence, d'une révérence prononcée et affirmée. Louis lui répond timidement, fléchissant les genoux, mimant du bout des doigts qu'il soutient son tutu. Les comédiens éclatent de rire. Louis vient de réussir son entrée dans la grande famille du petit théâtre de poche.

Je fais une pause dans la lecture, Joséphine s'est réveillée, elle mange goulûment un sandwich club en disant qu'il est pourri. Elsa déguste le sien en souriant, regardant par la vitre du train les villages défiler comme des lapins. Moi, je n'ai pas très faim. Je suis absorbé par la lecture, je me retrouve à St Luçon vingt ans après la guerre. Un nouveau livre, une nouvelle atmosphère. Mai 68, l'auteure n'a pas bloqué comme moi, sur un seul cas de figure, un angle oblique, un unique point de vue, un type à sa fenêtre droit dans ses baskets et point. Niveau littérature, je devrais peut-être être moins psychorigide, ouvrir la porte à d'autres fenêtres, à d'autres possibles, et qui sait, même à des vasistas, des hublots de marine. Oui, dans ma cabine intime de l'écriture, il faudrait aérer le cerveau du capitaine, ça sent le moisi, le renfermé, tellement ça fait longtemps que je ne suis pas venu shooter dans les mots comme dans les feuilles d'automne. Des mots roux, bruns, jaunes même. Oui, les feuilles avaient toutes quitté les branches pour embrasser le sol, ces palmes de canard colorées et légères sur lesquelles on peut écrire des poèmes. Je me souviens très bien de leurs craquelures fragiles de parchemin sous les pas inconscients des passants. Eux, ils fonçaient, la tête dans les épaules, droit dans l'hiver. Et si j'étais bon qu'à lire le talent des autres ? À commenter l'écriture, pas à la faire naître. Un genre de type qui, n'ayant pas pu écrire, se venge sur les autres en faisant critique. Moi, les livres de Joséphine Buisson, je les aime, je n'irais pas en dire du mal. C'est juste pour que vous mesuriez la place que je laisse au doute, dans le trop grand lit de la littérature. Il y fait froid. Alors, je me serre contre Elsa, on se réchauffe, on s'échauffe. Après, je ne vous raconte pas ce qui se passe, contrairement à ce que souhaiterait mon coach littéraire. Elle a longtemps embrassé une carrière militaire et me promet un programme d'entraînement commando dans son manoir à Paris, un parcours santé pour mon vocabulaire dans son petit bois maudit. Une miette de pain de mie coincée aux bords des lèvres, elle m'annonce qu'il y fait froid, parce que c'est son jardin de la guerre. Des fantômes y combattent encore, ils n'ont pas compris que la guerre était finie, ni qu'ils étaient morts. Ils s'écharpent indéfiniment. Elle me dit aussi qu'elle est fatiguée, de revenir demain. Je regarde demain se préparer au loin sur la ligne d'horizon. Aujourd'hui passe à très grande vitesse. Le présent des gens, des vaches et des champs ne peut pas suivre cette allure. Je retourne le plus calmement possible à ma lecture.

Le village au loin est un petit point de lumière dans une masse sombre. La nuit rafraîchit la forêt qui en a bien besoin. Si l'on se rapproche, la lueur se divise en de multiples lampadaires, éclairant les ruelles pavées de pierres. Ce soir à St Luçon, elles sont désertes. Il n'y a guère que le Café Julien qui soit encore ouvert. Une tablée joyeuse lui donne un petit air de fête. La troupe s'est réunie pour boire un verre. Quand ils trinquent, on dirait que leur vie résonne dans celle des autres. Francesco mène la danse, les autres lui répondent, et chaque fois, ça se conclut par des éclats de rire. Le juke-box diffuse de grands airs, et le patron sert des bières. Joséphine danse, Louis, les jumelles, Karim, Eduardo, Andrzej, Suzanne, Luisa et Francesco aussi. Lorsque le juke-box entame *Una lagrima sul viso,* Joséphine baisse son visage qui s'assombrit. Il est un œil de lynx qui a vu cette inclinaison du menton sur sa poitrine. Louis lui attrape la main et l'invite à danser. Elle pose lentement la tête sur son épaule, et la tête lui tourne, un manège d'ampoules de couleurs, une terrasse sur la mer du temps de Laurent. Les jumelles dansent entre elles, Andrzej avec Suzanne, les autres retournent s'assoir à la table. Joséphine a un peu bu, Louis aussi. Ce jeune homme est galant, prévenant, il ne risque pas d'être saoulant, il ne parle pas. Chaque geste chez lui prend du sens, rend le contact intense. Elle sent son corps collé contre le sien, ils se déplacent ensemble, lentement sur la musique, comme un gréement d'assemblage, un radeau de fortune à la surface des flots. Joséphine perçoit ce que Louis ressent, ce désir d'homme latent. Elle aussi ressent du désir, il le sent. Un désir de femme libre et mûre. L'écart d'âge, elle s'en fiche, et lui aussi, tout ce qu'il voit c'est qu'elle est belle. Ce qui l'inquiète, c'est l'après. Une nuit d'ivresse, sur et sous ce corps de jeunesse, pas de problème, elle se l'accorde. Mais que ferait-elle de Louis au réveil ? Ces bêtes-là s'attachent vite. Elle aurait préféré un homme de passage, un qu'elle ne reverrait jamais. En même temps, quand il se rapproche et colle son bassin, elle se sent bien. Toujours l'esprit submergé par des vagues de mots, voilà qu'un défi de chair et de silence se présente à elle. Elle a tourné la tête, pour coller son front dans son cou, respirer sa peau, les effluves de sa chemise entrouverte. Sa conversation à lui est tactile, douce, forte, rassurante. Une pression des doigts dans ses reins, une autre pour mêler ses doigts aux siens, c'est tout. Avec lui, c'est beaucoup. Pour eux, c'est une occasion de se faire du bien, ils ne vont pas rester en salle d'attente à regarder passer le train. Le plaisir, il faut le saisir quand il arrive en gare, pas le jour du départ. C'est tragique de voir comment les gens s'embrassent sur les quais, sachant d'avance le goût du trop tard. Joséphine ramène Louis chez elle, ils se déshabillent en traversant la cuisine, montent à l'étage dans le noir et à demi nus. Ils s'aiment. Joséphine chasse dans son esprit d'autres corps, des miroirs, d'autres éclats de lumière dont sa chair se souvient, des messages codés. Ce présent est venu les effacer de ses caresses. Pour Louis, ce n'est pas pareil, les filles qu'il a connues n'étaient pas aussi belles. C'est la première fois avec une femme, cette beauté est désormais sa référence suprême. En bas, dans la cuisine, la sonnerie du téléphone résonne, des longues lignes stridentes entrecoupées de brèves respirations, un appel insistant qui résonne dans le vide. Joséphine embrasse tendrement ce jeune homme dans le cou, elle sent pulser sa carotide.

Notre train est arrivé à destination et, d'un coup, il a décidé de s'arrêter. Peut-être pour regarder le présent droit dans les yeux. On ne sait pas si c'est un mouvement de grève ou une panne, on ne sait rien, on ne nous dit rien. Heureusement, dehors, c'est Paris. On prend un taxi pour rentrer au manoir. Ici, ce n'est pas un bain de foule, une baignoire, une piscine, un vélodrome, un théâtre, un petit marché. C'est un vaste océan de passants pressés. À travers la vitre de la voiture, j'observe et retrouve ma profonde nature. J'inspire cet air pollué qui me rassure. On roule vers le manoir et bien sûr, je pense à ma propre chambre noire, à ma fenêtre. Ça va me faire tout drôle de retrouver mon point de vue favori. J'ai fait un travail dans ma tête pendant le voyage, pendant que les terres de Bourgogne s'en allaient faire goûter leur vin aux départements voisins. J'ai imaginé le point de vue d'un type assis à la terrasse d'un café, face à une petite place de marché, dodue à souhait de passants plus ou moins pressés, selon le nombre de choses sur leur liste qu'ils ont oublié d'acheter. Ça m'a fait faire volte-face dans la tête, j'ai imaginé voir là-haut un type à sa fenêtre. La multiplicité des points de vue m'a donné le tournis, mais c'est bien, c'est un premier pas hors de ma zone de confort littéraire. J'ai eu le temps de penser aussi à Elsa, à moi, et à nous. Je me suis habitué pendant ce stage intensif en Provence à dormir toutes les nuits avec elle. Alors, maintenant, dormir seul dans ma chambre, je le sais d'avance, ça ne va pas le faire. J'ai réfléchi à un compromis : on dort tous au manoir en famille, et chaque matin, je regagne ma chambre pour écrire. L'écriture, avec l'œil de Moscou par-dessus mon épaule, ça non plus je ne le sens pas beaucoup. On s'adore en famille, mais il faut se donner un peu d'air. Tant qu'à faire, je choisis celui de ma prairie d'en face, plutôt que celui du jardin de la guerre, du petit bois maudit dont je serai un jour pour moitié propriétaire. Le portail a dit deux fois qu'il a eu mal, mais tout le monde s'en fiche. Le frigo du petit bois nous avale au retour de vacances sans que personne dans notre famille n'ose dire un seul mot. Ce jardin-là est mort sans Lulu, sans Agathe qui crache de loin son amertume ancestrale. Avec les animaux aussi, l'affection, c'est un grappin phénoménal, prêt à s'attaquer aux faces nord des cœurs les plus retors. On n'avait pas atteint la porte-fenêtre de la cuisine que j'ai pensé à un transfert du chien et du chat. Je me suis demandé s'ils supporteraient l'atmosphère, le changement d'air. En Provence, il y a Claudette pour passer lui donner des croquettes. Lulu, lui, le pauvre, est attaché chez le voisin, il a tout son temps pour hurler son chagrin. Je me sens tellement déprimé qu'à peine arrivé dans la cuisine, près de la plante en plastique, sous l'ampoule électrique qui pend au plafond, je me replonge dans le bouquin.

Joséphine regarde le corps nu, les muscles fins et saillants d'un jeune homme, sculptés par les heures de labeur. Son sexe est au repos, sa jambe repliée. Il respire doucement, il dort. Ce fut une nuit d'amour épurée de mots, mais elle a trouvé tant de grâce à ses gestes, elle en reste elle-même surprise. La parole de Louis ce sont des mouvements d'air qu'il déplace, une conduite des mains dans l'espace. Quand il s'exprime aussi avec le visage, il a de l'humour, c'est un amour de pantomime. Par deux fois dans la nuit, le téléphone a sonné longtemps dans la cuisine. Quelqu'un a insisté en vain. Joséphine sait qui c'est, c'est Bréant, son référent au ministère, il devient beaucoup trop pressant. Il est ravi que la presse la traite d'auteure gauchiste, ça lui fait une couverture idéale. Il souhaiterait qu'elle infiltre les mouvements qui secouent la ville et qu'elle fasse le ménage. L'extrême-droite met la pression dans les administrations et Bréant, elle le sent par ses discours, file un mauvais coton. Elle a pourtant été claire, franche, elle a refusé la mission. Retourner à Paris, faire couler le sang d'une jeunesse serait une hérésie. Elle a toujours eu besoin d'identifier l'ennemi avant de sortir les griffes. La jeunesse n'est pas son ennemie, elle est le résultat d'amours, des enfants accouchés malgré tout de la guerre. Ces enfants-là, avant de savoir parler, ils vous disent déjà que la vie est plus forte. Bréant avait été mis au placard au ministère, il avait quitté le terrain, ce n'était pas un secret, tout le monde disait qu'il avait un grain. Joséphine, si elle avait eu à juger un homme, ce serait sur sa conduite. Depuis l'Algérie, il dépassait fréquemment les limites. Elle n'avait pas rechigné à le lui dire, mais c'était comme pisser dans un violon, il était devenu aigri et amer, un vrai pléonasme, un facho complètement con. Ce corps d'homme à son côté, sans le sang, c'est un peu l'image sans le son, celui fluide qui pépie à la sortie d'une artère grande ouverte. Elle y pense, et nonchalamment en repousse l'idée. C'est un réflexe de panthère, une pulsion de loup-garou de sa vie d'avant. Elle réfléchit à ce qu'elle va bien pouvoir lui dire au réveil, lorsqu'il va demander à la revoir. Ils allaient se retrouver au théâtre, elle n'avait pas envie de mettre le boxon dans l'ambiance de la troupe, dans leurs relations, de ramener un malaise dans le groupe. Son corps avait eu envie et besoin de Louis cette nuit-là, mais elle ne ressentait pas le besoin d'un homme dans sa vie. Elle n'avait pas encore la place pour ça dans son cœur. L'amour était pour elle un acquis, un calme plat qu'elle maintenait en l'état. Louis la touche dans tous les sens du terme, mais que pourrait-elle faire d'un gamin dans sa vie, alors qu'elle avait déjà très tôt le cœur envahi par des amours fantômes. Au réveil, elle l'embrasse sur l'épaule et se lève, elle lui fait du café, il comprend qu'il va bientôt partir. Avec Louis, ça se passe aussi avec les yeux. Par son regard, elle lui fait comprendre qu'hier c'était bien, mais c'était hier. Il met un sucre dans sa tasse, tourne la cuillère, sa pensée ressemble à une prière. Elle a perçu son émotion et lui tourne le dos, regarde par la fenêtre, elle soupire. Il ouvre la porte, évidemment sans un mot, et s'éloigne sans se retourner. Comme le destin s'organise, se synchronise, le camion apparaît sur la route, Louis lui fait signe, grimpe dans la remorque. Son cœur est partagé, ce bonheur il l'a pris, il l'a vécu. Bien sûr, il a compris qu'il n'était qu'une petite parenthèse pour elle. Son corps garde tout de même la mémoire de la plus belle nuit d'amour qu'il ait vécue jusque-là. Alors, malgré la vexation du bonheur retiré, il sourit d'avoir aimé et d'avoir été aimé. Il est en route pour aller, le cœur content, se défouler à coups de hache, sur les troncs de la forêt des Mathurins. Le camion disparaît dans un nuage de poussière. Joséphine en a une dans l'œil. Cela signifie qu'elle est toujours vivante. L'émotion ne s'est pas éteinte en elle, c'est une bonne nouvelle.

Je suis accoudé à ma fenêtre de titi parisien, je ne vais pas nier, ça fait du bien. La cafetière est italienne, le grain moulu, je ne sais pas d'où il vient, sûrement d'un pays lointain qui se présente uniquement quand vous êtes en voyage. Il faut être prudent en voyage, certains pays vous échappent facilement. Les passants n'ont pas tellement changé, ce sont des copies conformes. Une sorte de tradition qu'ils se transmettent, comme un relais de leurs déplacements irrépressibles. À ce jeu-là, beaucoup sortent de leur couloir dans la prairie d'athlétisme. Personne ne leur a dit que la ligne d'arrivée, c'est le départ à la retraite. Alors, ils insistent quand même, au cas où, sans savoir que le prochain départ ne sera plus le même. Je me demande si Monsieur Victor a un légataire testamentaire. Ne vous inquiétez pas, je n'ai pas de vue sur ses biens. Mais dans la supposition où j'écrive sur ce chasseur de trésor, vu comment ça s'est passé avec Joséphine, il aurait peut-être eu envie de son propre chef, de me léguer son appartement à Paris, un traversant avec des tas de fenêtres des deux côtés, son haras en Argentine, et même une petite mine d'or en Australie, une toute petite, toute mignonne. Visiblement les personnes âgées sans enfants, ça se prend d'affection pour des petits cons. Je poursuis la lecture du livre *Le Rire du Mime*. Jusque-là, ça sent bon le sapin des Alpages, Joséphine n'a pas encore fait de carnage, ou alors elle est devenue sage. Ce matin, j'ai vécu un grand moment de solitude, observant le mouvement désordonné des passants. J'ai eu une frayeur littéraire, j'ai décidé d'abandonner l'idée du type qui voit le monde depuis sa fenêtre. J'ai fait une grosse rature dessus, je ne l'ai pas loupé, mon salaud. Non, le naïf dans le cadre, c'était trop limité. Finalement, la Provence a élargi mon horizon. Tellement que je suis obligé de regarder à droite et à gauche pour ne pas être surpris. S'il y avait eu plus de passants, j'aurais bien gardé les moutons là-bas. Mais dans le sud, surtout à la campagne, les passants sont pires que les voisins, on ne peut pas du tout compter sur eux. Une histoire de géopolitique, de sociologie urbaine que je ne comprends pas, mais comme vous le voyez, je m'intéresse. Et ce n'est pas parce qu'on est au régime qu'on n'a pas le droit de lire le menu. Certains passants ont l'air très tendus, comme s'ils avaient une plume coincée dans le derrière. C'est certain, pour l'écriture, si l'Australie venait jusqu'ici en voyage, je verrais passer des autruches, des kangourous dans la prairie. Ou si l'Argentine faisait escale, je verrais courir des chevaux en liberté, ce serait pas mal. Il faudrait juste que Paris ne soit pas en vacances au même moment, on se louperait, ça serait la faute à pas de chance. Les passants en août ne sont pas du tout les mêmes. Comme il y a moins de voitures ; elles aussi partent en voyage, vous croyez quoi ? Les passants déguisés en touristes peuvent marcher au milieu de la rue. Aujourd'hui, il y en a plein, avec des lunettes de soleil, un chapeau, un appareil photo. Ils regardent partout comme s'ils cherchaient quelque chose ou quelqu'un. Y'a même un Japonais qui a tenté de me prendre en photo à la fenêtre. J'ai plongé à plat ventre sur la moquette. J'avais peur qu'il me confonde avec un espion russe. "Japonais", ça ne veut rien dire, il peut aussi bosser pour les Ricains, cet enfoiré de la con de ses os. Je regarde partout par terre dans la chambre, pour ça je suis à la bonne hauteur, voir si je ne trouve pas un objet, une grenade à lui balancer à la gueule. "Ah, tu veux la guerre ?" J'ai jailli torse nu à la fenêtre avec un grand couteau de cuisine. L'ennemi avait fui, ne demandait pas son reste. À coup sûr il était là tout proche, à se faire hara-kiri sous un porche. Comme vous le voyez, ça ne manque pas d'action dans le quartier, j'ai eu droit à ma séquence émotion. C'est pas mal, ça réveille le guerrier en moi qui sommeille. Pour être précis, il n'a pas roupillé pour une sieste, il émerge d'un coma avancé. Il a fallu un sniper photographique pour remonter des hauts-fond mon instinct animal. Sous le lit, il y avait des petits haltères, je les ai pas balancés sur le char japonais, quand même, je les avais payés cher. Bon, je vais retourner voir ce qui se trame à St Luçon, voir un peu où en est Joséphine Buisson.

La tôle de la portière du camion a eu mal en se refermant. On a entendu un grincement gras, puis la matière se déformer. Personne ne se soucie des douleurs articulaires de ce vieux tas de ferraille. Louis s'est précipité dans la loge du théâtre, il a rangé sa hache au vestiaire. Il se maquille seul, cela fait deux fois que Joséphine ne vient pas aux répétitions. La dernière fois qu'il l'avait vue, c'était à la fin d'un cours, elle était partie avec un type, elle faisait une drôle de tête. Il ne connaît pas la raison de son absence. Il sait que ça va lui faire drôle de la revoir, il ne devrait pas, mais il ne pense qu'à ça.
Joséphine arrange ses cheveux dans la vitre du train, elle tire sur ses joues comme si cela pouvait atténuer les cernes. Elle rentre de Paris et elle n'a pas dormi, ou si peu, ça se voit dans son reflet, elle est blafarde. Elle a dû monter à la capitale pour mettre les choses au clair, une bonne fois pour toutes. Avec Bréant, avec le service, elle voulait mettre fin à tout cela. Elle avait gagné un certain nombre de combats par K.O., maintenant place à la jeunesse. Justement, la jeunesse, ils voulaient taper dessus les galonnés des bureaux. Elle se disait que les jeunes avaient raison de vouloir dégager ces vieux croûtons. Bréant lui avait mis la pression, il avait envoyé un agent à St Luçon. Muller, il s'était invité dans le fond de la salle à leur dernière répétition. Elle n'avait pas du tout aimé ça, elle allait le faire savoir. À son arrivée, Paris ressemblait à un camp retranché. Il y avait des gardes mobiles à l'affût des carrefours, à chaque coin d'avenue. Il y

avait aussi de sacrés dégâts, des vitrines brisées, des véhicules incendiés, des rues pour moitié dépavées. Pour Joséphine, cela ressemblait en tous points à l'écho de la guerre qui jamais n'allait se taire. Les officiels avaient fui la capitale, s'étaient retranchés dans leurs bunkers, des villas luxueuses en province. Le ministère ressemblait à un paquebot vide, dérivant, abandonné dans la tempête. Derrière son bureau, tel un radeau de la Méduse, Bréant faisait office de capitaine, et Muller, l'agent indésirable, de second.

– Josy ! Te voilà enfin. Tu t'es fait désirer, tu m'as donné du fil à retordre. Je l'ai dit à Muller, attention, celle-là elle va te mordre. Tu as vu, c'est drôle, dans les situations désespérées, on envoie toujours les mêmes. La France s'en va, elle part en déliquescence, et qui retrouve-t-on sur le pont à chaque fois pour nettoyer le merdier ? C'est Bibi, c'est Josy, et maintenant Muller.

Bréant cherchait à recoller les morceaux, à resserrer ses troupes. Joséphine lui avait dit non ! Mais Bréant ne pouvait se permettre de laisser une agent comme elle dans la nature. Sa Mirabelle pourrait un jour être attirée par l'appât du gain, servir à l'Est ou même aux Américains. Alors, il tentait le tout pour le tout. Il savait que si elle refusait, le service lui demanderait de l'éliminer, c'était le tarif pour les rares agents ayant essayé une liberté, une retraite anticipée de la possessive et exclusive maison des services secrets.

– Alors comme ça tu es devenu vigile pour une cour d'école, avec Muller comme chien de garde, quel avancement ! Après tout ce que t'as sué pendant l'occupation, après le bourbier d'Indochine,

la mascarade de Suez, et « les événements » d'Algérie, c'est comme ça qu'ils te remercient ?
— La cour d'école a mis le feu à Paris, Josy ! Cette jeunesse, c'est du chienlit, des cafards, ne me raconte pas d'histoires. Depuis les Aurès, je sens bien que Madame a des états d'âme. C'est nouveau ça, et ce n'est pas au programme de la maison, tu sais bien. Et puis tu t'es pris des vacances aux frais de la princesse, avec des théâtreux gauchistes, un ramassis d'anarchistes, de communistes. Je l'aurais bien passé au lance-flamme ce théâtre de poche, hein Muller ? Une bonne petite flambée, le soir de la première, mais avec tout le monde dedans, sinon ce ne serait pas marrant.
Dans la vitre du train, Joséphine se recoiffe et repense à Louis. Elle pense à tout ce qu'elle n'entendra jamais de sa bouche, elle pense à tout ce qu'il lui a dit du bout des doigts, mimant l'écriture sur la peau de son dos. De ce jeune homme, elle n'en veut pas dans sa vie, mais son corps n'est pas d'accord. Lui, il en veut encore de cette douceur, de cette tendresse, de cette force des mots tus, incarnés. Les arguments qui s'opposent à cette relation s'effritent dans sa tête au gré du voyage. Elle sait qu'elle est en train de lâcher prise, de défaire sa garde, elle est prête à céder, à tenter l'aventure. Elle cherche à se reprendre, se recentrer, puis à nouveau entame un sourire, le refrène, le reprend, elle pense à se jeter à son cou à peine arrivée au théâtre. Elle chasse la pensée du bureau de Bréant, elle a cette image en tête, elle s'entête à revenir, comme une diode qui clignote, c'est désagréable mais ça va passer, elle connaît. Bréant dans son fauteuil, les bras ballants, le menton

planté dans sa poitrine, n'avait plus rien à dire. Une balle dans le front, un petit rond, et le crâne explosé en arrière-plan. Muller, lui, se vidait de son sang, allongé face contre terre. Ces pensées revenaient de moins en moins, elles s'effaçaient elles aussi comme ses certitudes au fur et à mesure du chemin. St Luçon n'est plus très loin. Elle se dit qu'elle voulait se protéger en gardant une distance avec les hommes. Elle avait été stupide de vouloir se protéger de celui-là. Louis n'était pas comme les autres, il lui voulait du bien. Lorsqu'elle entre dans le théâtre en courant, la loge est vide. Elle court encore et déboule sur scène au beau milieu d'un échange entre deux comédiens. Francesco mime une gracieuse révérence pour accueillir Joséphine. Louis est là, droit comme un arbre. Elle se jette à son cou, l'embrasse à l'étouffer, ils se prennent la main, se penchent pour saluer. Tout le monde sur scène rit et applaudit le rire du mime et de son amoureuse. Le rideau rouge se ferme.

13
La rose rouge dans le trou

Je suis accoudé à la fenêtre, je regarde la rue passante comme un tapis roulant. J'ai terminé *Le Rire du Mime*, ce n'est pas mon préféré. Mon préféré c'est *Guangzhou*, ou *Port-Saïd*. Je reste la tête en l'air, à repenser à Joséphine et Louis, à imaginer ce qui a bien pu se passer ensuite. Si leur couple a tenu, ou bien si le destin à nouveau, vendetta à la proue, est venu séparer les amants comme deux vagues distinctes. Oui, je vais questionner Joséphine, faire grincer le portail, traverser vaillamment son petit bois, toquer comme Woody, à la porte de la forêt de sa chambre bibliothèque.

— Louis, il s'est pris une maladie pour maîtresse, ce traître. Il est parti il y a dix ans. Il disait que son cancer l'aimait plus fort que moi. Il est parti avec... Moi aussi, pour me venger, je fricote avec une saloperie, y'a pas de raison. Louis... Il m'a accompagné un bon bout de chemin, c'était un homme bien.

— L'affaire judiciaire qui a suivi, c'était lié au double meurtre du Ministère ?

— En quelque sorte... J'avais appelé le supérieur de Bréant pour le prévenir du grabuge. Ils avaient étouffé l'affaire, un différend entre agents qui finit dans un bain de sang. C'est moi qui ai mis le bordel des années plus tard, en publiant *Le Rire du Mime*, dans lequel mon personnage s'accuse du crime.

Ils m'avaient assez titillée comme ça toute ma vie, c'est un roman, non c'est une autobiographie, non c'est un roman autobiographique. C'était peut-être pour moi, la mission de trop. J'ai ressenti le besoin de la recracher sur le papier. Allez savoir, déjà que dans l'opinion publique on ne m'aimait pas beaucoup. Pour être précise, on ne m'aimait pas chez les journalistes, mais les gens achetaient mes livres. Avec le scandale judiciaire j'en ai vendu encore plus, j'ai pu acheter la maison en Provence. Non-lieu, c'était ça le verdict, mais avec cette affaire-là, j'étais dans tous les médias pendant deux ans, le temps de la justice et celui de l'âge d'or de la maison d'édition. Et sur le livre, tu ne me dis rien ? Fils indigne ! Sagouin !
Le portail a grincé sa douleur un certain nombre de fois, pour marquer les jours qui suivirent. Joséphine est partie un matin à l'aurore, Elsa lui tenait une main, et moi l'autre. J'ai senti un vent froid traverser la chambre bibliothèque, Elsa a ouvert grand la fenêtre, les lustres rouges en papier se sont agités, il m'a semblé voir un voile blanc s'échapper, rejoindre le petit sous-bois maudit. Peut-être a-t-elle rejoint son jardin de la guerre, peut-être est-elle allée jusqu'en Chine.
On a hésité, on avait pensé à St Luçon pour le cimetière. On a préféré qu'elle retrouve son petit moulin en Provence, Mirabelle, pour l'avoir à côté de nous. Elle a été inhumée encerclée de lavande et d'abeilles, le chapeau à large bord ourlé d'un ruban rose posé sur le cercueil. Il y avait Claudette à l'enterrement, elle sanglotait tendrement. Il y avait du monde, même des journalistes, que des inconnus, des types bizarres avec des lunettes

d'espions, des militaires avec des décorations, tout un tas de passants lents à jeter en silence une rose rouge dans le trou. Depuis ce jour-là c'est bizarre, les passants ça me déprime un peu. J'ai demandé à Elsa que l'on retourne en Provence, la fenêtre de ma chambre et même celle du manoir me sortent par les yeux, comme si c'était sur eux qu'on avait jeté une pelletée de terre, je larmoie sans cesse toute l'eau de ma tristesse.

Le voyage lui non plus ne me regarde plus de la même façon, il se doute que ce n'est pas ma première fois. Il passe son chemin relativement vite, comme le temps, comme la vie à la vitre du train ou à ma fenêtre. Le moment est venu je crois. Elsa dépose un baiser sur ma tempe, Agathe la chatte ronronne sur mes genoux. Oui, le moment est venu pour moi de m'insérer dans le courant d'air, de me mettre à écrire, c'est à moi de faire tourner le manège, le petit moulin des mots. J'ai déjà trouvé le titre, ça va s'appeler *Mirabelle.*

Remerciements

Un grand merci aux éditions La Trace, pour leur confiance renouvelée. Elle m'a insufflé le désir d'approcher cet horizon sans cesse fuyant devant, que l'on nomme le meilleur de soi-même.
Merci pour tes éclats de rire, Jean-Philippe, pour la couverture, Florence. Je partage avec eux la paternité de ce livre, sans eux Mirabelle ne serait qu'un texte sans toiture, soumis aux quatre vents.

Merci à Bernard Bouquet pour son amour des histoires et des auteurs, pour sa patience, et la fraternité de son acuité.

Merci à Jack Boland, mon frère de plume, pour sa présence élégante de samouraï, dans la jungle de mon écriture. Merci à lui pour cet enthousiasme décisif pour Mirabelle, manifesté à sa lecture.

Merci à Chantal Schmitt, ma première lectrice et éditrice associative, Les Orfèvres, à jamais la première.

Merci à mes libraires de cœur, La librairie des Songes, la bien-nommée, à Christophe Federici, l'angle ouvert par qui le rêve est devenu réalité.

Merci à Thierry Santoni de Cavallu Marinu, la librairie itinérante qui emporte mes livres avec elle, dans les villages les plus reculés de Corse.

Merci à Pierre Luciani, mon Fratè dans l'exploration de l'imaginaire.

Si vous avez voyagé, si vous avez été ému en lisant cette histoire, si vous avez ri ou souri en lisant Mirabelle,

Merci.

Du Même Auteur

PELO et LUA
Éditions des Orfèvres — 2018

LE JARDIN DES ANGES
Éditions La Trace — 2021 — Texte

RESPIRER LA NUIT
Éditions La Trace — 2022 — Roman

UN PAPILLON SUR L'ALHAMBRA
Éditions La Trace — 2023 — Texte

ÉDITIONS
L A   T R A C E

1ère édition
Dépôt légal Janvier 2024
Achevé d'imprimer en Union européenne